EINGESCHNEIT MIT SAMIR

Shapeshifting Souls

Buchbeschreibung

Cassian hat keine Stimme mehr. Ein Unfall hat sie ihm genommen und aus dem ehemals lebensfrohen Mann mit großen Träumen einen verbitterten Eigenbrötler gemacht. Schließlich ist der Frust so groß, dass er sich durch den Wald hinter der Stadt schlägt, von dem man sich mysteriöse Geschichten erzählt. Dort soll es eine Lichtung geben, auf der sich Wünsche erfüllen. Eigentlich glaubt Cassian nicht an so etwas, aber eine ganz besondere Begegnung ändert seine Meinung. Und sein ganzes Leben.

Über den Autor

Gabriella Queen schreibt über Pizzaboten, Piloten, Pornostars und alles dazwischen. Ihre Romane sind nie 'bloß' Liebesgeschichten. Zwischen den Zeilen verbergen sich alltägliche Probleme genauso wie Tabuthemen, bei denen sie regelmäßig großes Fingerspitzengefühl beweist. Es geht um Sex und Liebe, Angst und Mut, Freiheit und Grenzen. Was alle Geschichten vereint, sind die Protagonisten: stets Männer, von asexuell bis schwul, immer authentisch.

EINGESCHNEIT MIT SAMIR

SHAPESHIFTING SOULS

GABRIELLA QUEEN

COVERGESTALTUNG
Casandra Krammer – www.casandrakrammer.de

BILDNACHWEISE
Covermotiv: © AndrewLozovyi, xload – depositphotos.com,
PixelSquid360, StrokeVorkz – envato.com

Bibliografische Information der Deutschen Nationalbibliothek:
Die Deutsche Nationalbibliothek verzeichnet diese Publikation in
der Deutschen Nationalbibliografie; detaillierte bibliografische
Daten sind im Internet über dnb.dnb.de abrufbar.

Herstellung und Verlag: BoD – Books on Demand, Norderstedt

ISBN: 9783756885831

KAPITEL 1 – MÄRCHEN

DER SCHNEE KNARRTE unter seinen dicken Stiefelsohlen und vereinzelte, winzige Flocken verloren sich auf dem rauen Stoff seiner Jeans. Cassian stapfte voran. Und auch, wenn er es sich nicht anmerken lassen wollte, schmolz seine Entschlossenheit mit jedem Schritt ein kleines bisschen.

Der Wald, der sich vor ihm erhob, hatte seit seiner Kindheit nichts von seinem Schrecken verloren. Genau dieser Wald, über den sich alle die schlimmsten Geschichten erzählten.

Märchen, dachte Cassian bei sich. Natürlich war ein Wald nicht für das verantwortlich, was in ihm geschah. Bäume und Sträucher kidnappten keine Kinder und Cassian weigerte sich auch, zu glauben, dass dort drinnen im Dickicht irgendwelche Geister oder Verbrecher lebten.

Selbst wenn – das war jetzt auch egal. Alles war im Grunde jetzt egal.

Seine Miene verhärtete sich und er trat in den Schatten der Bäume ein. Hohe Sträucher, deren Blätter mit einer dünnen Schicht Weiß bedeckt waren, verstellten ihm den

Weg. Cassian wühlte sich hindurch. Ein paar Pflanzen würden ihn nicht aufhalten.

Ein kurzer Blick über die Schulter. Niemand hinter ihm. Auch kein Licht in der Ferne, kein Auto, das heranrollte – alles dunkel. Die Nacht brach ungehindert über die Stadt herein und machte auch vor dem Wäldchen nicht halt.

Er zog den Mantel enger um sich und ging weiter.

Kalt und dunkel war es hier, wobei die Dunkelheit eine ganz besondere Art von Dunkelheit war. Die Schneedecke leuchtete geisterhaft im Schatten der Bäume und schien die kleine Menge an Licht, die durch das Geäst kroch, in ein bläulich-silbernes Leuchten zu verwandeln.

Cassian hätte sich nicht gewundert, wenn er plötzlich Stimmen vernommen hätte. Aber der Wald blieb ganz still. Hier waren nur sein heiseres Keuchen und seine Schritte. Das Rascheln des Mantelfilzes und die leisen Geräusche des Leders seiner Stiefel.

Er war ganz allein. Noch ein Blick zurück. Niemand folgte ihm. Wirklich niemand.

Diese Gewissheit war seltsam kraftraubend. Aber nur innendrin. Sein Körper selbst schien dadurch nur noch beflügelt zu werden, die Schritte größer, die Bewegungen seiner Arme schwungvoller.

Es war albern, dass er überhaupt herkam. Die Geschichten von der verzauberten Lichtung waren genau solche Märchen wie die von den Geistern, die hier Menschen verschwinden ließen. Trotzdem war er hier. Besser, er dachte nicht zu genau darüber nach, wie erbärmlich das war.

Er suchte zuerst nach der alten Hütte des Försters. Sie war sein einziger Anhaltspunkt.

Immer tiefer zog der Wald ihn in sich hinein. Mit taumelnden Schritten ging es bergab. Ihm war gar nicht klar gewesen, dass der Wald sich um eine Senke scharte. Aber so ging es auch leichter voran.

Cassian fasste die dünnen Stämme der Bäume, um trotz des Geländes nicht ins Stolpern zu geraten. Längst drang die Feuchtigkeit durch seine Wollhandschuhe.

Der Schneefall wurde stärker.

Als er nach oben schaute, sah er kaum noch den Himmel. Alles war weiß. Ein schneidender Wind pfiff durchs Geäst, streifte schmerzhaft kalt die unbedeckte Haut seines Gesichts.

Cassian zog den Schal höher. Die Wollfasern kitzelten seine Nase. Immer größer waren die Flocken, die ihm ins Gesicht schneiten und auf seiner Haut schmolzen. Einige verfingen sich in seinen Wimpern.

Er musste bald ein Dach finden, wenn es weiter so schneite. *Umkehren?* Der Gedanke streifte ihn kurz und sanft und leise und Cassian schob ihn so vehement von sich, dass er das Nein fast in den Wald hinaus gebrüllt hätte.

Aber er ließ es.

Brüllen ging nicht mehr – wie so vieles andere.

Grimmig biss er die Kiefer aufeinander und unterdrückte das Bibbern so gut er konnte. Nur ein bisschen Schnee. Er konnte das ab.

Ein Ast knackte unter seinem nächsten, ganz besonders entschlossenen Schritt. Unter seiner Sohle bewegte sich etwas, rutschte, rollte. Mist. Er verlor das Gleichgewicht. Seine Hände suchten nach Halt, aber bekamen nichts zu greifen. Seine Schulter prallte gegen einen Baumstamm. Schmerz.

Cassian keuchte und fiel. Sein Körper tauchte in den eisigen Schnee, kugelte den seichten Hang hinunter. Die Welt schlug mehrere Purzelbäume, während der junge Mann ächzend mit einer alten Angst kämpfte, die ihn plötzlich ergriff.

Nur Märchen, sagte er sich wieder.

Schnee klebte von oben bis unten an seiner Kleidung, durchnässte jeden Zentimeter. Vorsichtig rappelte Cassian sich auf. Seine Schulter pochte von dem Zusammenprall mit dem Baum und sein linker Knöchel brannte. Er konnte ihn nicht belasten, ohne zusammenzuzucken. Schöne Scheiße.

Jetzt hätte er wirklich gerne laut geflucht. Er verkniff es sich. Verbissen humpelte er weiter, wagte nur aus dem Augenwinkel einen Blick auf den Hang, den er nun auf dem schnellsten Weg heruntergekommen war.

Obwohl er nicht sehr steil anstieg, war es unmöglich, zurückzublicken, weil er sich so weit streckte. Da war nur eine unendlich lange weiße Fläche, auf der hunderte Bäume wuchsen. Die Welt, aus der er gekommen war, lag irgendwo hinter diesem Hügel – sehen konnte er sie nicht mehr. Auf eine absurde Weise beruhigte ihn das.

Diese Welt hatte ihm viel versprochen und ihn am Ende doch immer nur enttäuscht.

Cassian stützte sich an den Baumstämmen ab, während er sich langsam voranbewegte. Er hatte keine Ahnung, wo sich die Försterhütte befand ... und ob es überhaupt eine gab. Oder die verzauberte Lichtung.

Vielleicht gab es hier auch nur Bäume und Äste und Sträucher, die sich unter dem Gewicht des Schnees bogen.

Als er den Kopf wandte, lief kaltes Wasser unter seinen Schal. Cassian erschauderte. Alles um ihn herum war weiß. Unmöglich, irgendwo einen Unterschlupf zu erspähen. Wenn die Leiter zum Ansitz eines Jägers oder die Wand der Hütte nicht direkt vor ihm auftauchte, würde er sie nicht finden.

Eine Erkenntnis, die so ernüchternd war, dass sie ihn kaum noch berührte.

Junger Mann fiel Schneesturm zum Opfer, titelte die Stimme in seinem Kopf. *Tragisches Ereignis am Rande einer idyllischen Kleinstadt.*

Die Meldung würde drei bis fünf Sätze umfassen und vermutlich nicht mal seinen Namen enthalten. Irgendwie passte das ja. Ein unspektakuläres Ende für ein unspektakuläres Leben.

Und dann tauchst du aus dem Nichts wieder auf und bekommst noch eine zweite Meldung. Verschollener Mann wieder aufgetaucht. Ein Weihnachtswunder.

Viel zu optimistisch. Sein Leben war keine Geschichte. Nach dem dramatischen Tiefschlag kam nicht zwangsweise immer das Happy End.

Cassian fühlte sein Gesicht nicht mehr. Sein ganzer Körper war eiskalt, angefangen bei seinen Füßen, über seine versteinerten Oberschenkelmuskeln, bis hin zu seiner eng zusammengeschnürten Brust und der rauen Kehle.

Er musste husten. Sein Hals brannte davon.

Es gab keine verdammte Försterhütte.

Alles Märchen. Cassian blieb stehen. Er hielt den schmalen Baumstamm vor sich mit beiden Armen umklammert und presste die Augenlider zusammen. Früher, da hatte er Märchen geliebt. Dass sein Geist sich gerade jetzt in Erinnerungen von einem warmen Bett und der wahnsinnig beruhigenden Stimme seines Vaters flüchtete, der ihm aus einem der großen, schweren Bücher vorlas, war sicher kein gutes Zeichen.

Sich in Märchen flüchten zu wollen, war kein gutes Zeichen.

An verzauberte Lichtungen zu glauben, war kein gutes Zeichen.

Sein Bewusstsein schwand. Und endlich ließ auch das Brennen in seiner Kehle nach.

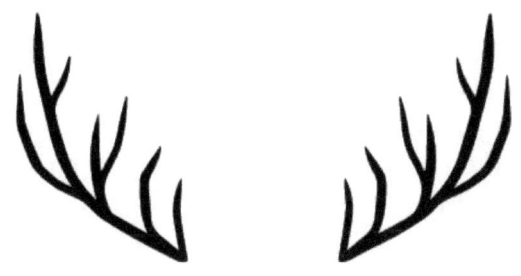

Kapitel 2 – Namen

Samir hob den Kopf. Bis eben hatte er ganz still gestanden, die Hufe tief im Schnee versenkt, den kühlen, feuchten Mantel des Schnees auf seinem Fell gefühlt, ganz ruhig und in sich gekehrt, fast wie in einem Traum.

Doch jetzt war er wach. Im Wald tat sich etwas. Das lag nicht am Schnee – den war er gewohnt. Im Winter kamen hier manchmal Unmengen davon herunter. Manchmal ertrank der Wald regelrecht in einem Meer aus weißen Flocken.

Auch heute schien so ein Tag zu sein. Aber da war mehr. Ein seltsames Gefühl, das ihn antrieb, sich zu bewegen. Also lief Samir los, stakste auf seinen langen Beinen durch den Schnee.

Es war kein Geruch, dem er folgte. Nur ein Gefühl. Er hatte keinen Namen dafür. In den letzten Jahren waren ihm viele Worte entfallen. Viele Namen. Aber es war wichtig, so viel wusste er.

Übermütig sprang er über einen großen Ast, der im Weg lag, und bedeckt von der dicken Schneeschicht aussah, wie ein eigenes Lebewesen. Samir ließ ihn hinter sich und lief weiter in die Richtung, in die es ihn zog.

Immer wieder schnüffelte er, lauschte, drehte die Ohren, um Geräusche aufzufangen, aber da war nichts. Wenn der Schnee so dicht fiel, verstummte der Wald.

Er kam näher, das fühlte er. Da vorn war etwas. Etwas, das hier nicht hingehörte. Es lag im Schnee. Schon längst davon bedeckt. Mit bloßem Auge hätte man es kaum mehr erkannt, aber Samir spürte, dass da ein Herz schlug.

Mit einem leisen Röhren trat er heran, senkte vorsichtig den Kopf, immer darauf bedacht, nicht mit dem Geweih gegen einen der Baumstämme zu stoßen. Vorsichtig berührte er das Wesen mit dem Herzschlag, doch es regte sich nicht.

War das ein Mensch?

Es war zu groß für ein Kaninchen oder einen Fuchs und zu klein und schmal für einen Bären. Die Form passte einfach nicht.

Aber ein Mensch hier im Wald? Er hatte ewig keinen mehr gesehen. Wie seltsam. Andächtig betrachtete Samir die eingeschneite Gestalt, ehe ihm klar wurde, dass dieser Mensch seine Hilfe brauchte. Dass er etwas tun musste.

Dieser Herzschlag würde sonst bald verstummen.

Mit dem Kopf versuchte er, den Schnee von der reglosen Gestalt zu wischen. Mit den Hufen versuchte er es auch. Vorsichtig schob er den Menschen an, wollte ihn dazu anregen, aufzustehen. Er war sicher eiskalt, brauchte Wärme. Im Schnee zu schlafen würde ihn das Leben kosten.

Samir wurde nervös. Er tänzelte ein paar Schritte hin und her. Noch ein Röhren. Der Mensch regte sich nicht.

Sein Herz schlug immer schwächer. Wie konnte er ihm helfen?

Er hob den Kopf und rief lauter. Sein Röhren schallte durch den Wald, aber Samir wusste, dass es nicht sehr weit drang. Der Schneefall verschluckte jedes Geräusch, egal wie kraftvoll. Niemand kam.

Wie nützlich wäre jetzt der buschige Schweif eines Fuchses gewesen, um den Schnee von dem Menschen abzutragen. Wie nützlich wären Pfoten gewesen? Oder Bärenpranken?

Samir trat etwas zurück, senkte den Kopf und versuchte, mit seinem Geweih etwas von der Schneedecke abzutragen. Er versuchte es wirklich. Doch es brachte nichts. Er war viel zu ungeschickt. So hatte er seine Krone noch nie benutzt und sie eignete sich auch nicht dafür.

Traurigkeit erfasste ihn. Ja, dieses Gefühl kam ihm bekannt vor. Auch sein Name. Traurigkeit. Das war lange, lange her. Und es war nicht schön. Es machte ihn schwerer und höhlte ihn aus.

Das wollte er nicht. Er musste doch etwas tun können. Warum war er hier, wenn er nichts tun konnte?

Samir versuchte es weiter mit seinem Geweih. Verzweifelt aber stur.

So viel Schnee. So ein leiser Herzschlag.

Auf einmal fühlte er sich anders. Als hätte er plötzlich mehr Geschick entwickelt. Endlich gelang es ihm, den Schnee von der reglosen Gestalt abzutragen. Mit Fingern und Händen und Armen.

Arme, die er um den Körper dieses Menschen schlingen konnte.

Er hob ihn hoch. So schwer. Samir zerrte an ihm. Zog ihn an sich. Endlich hatte er ihn befreit. Das Herz schlug noch. Schlug jetzt an seinem. Das war merkwürdig, aber Samir verschob die Gedanken und Fragen auf später. Der Wald hatte schon öfter seltsame Dinge getan.

So gut er konnte, lud er sich den Menschen auf die Arme und trug ihn fort.

Mit nur zwei Beinen war das Vorankommen viel schwieriger, der Boden viel unberechenbarer. Samir musste das Gleichgewicht halten. Mehrmals stolperte er gegen Baumstämme, musste sich neu orientieren.

Die Hütte. Es gab eine Hütte. Das wäre der richtige Ort für diesen Menschen. Eine Zuflucht.

Samir verengte die Augen und starrte durch den dicken Vorhang aus Schneeflocken, der immer noch unaufhörlich fiel. Seine Schritte wurden langsam sicherer. Es fühlte sich fast vertraut an, so zu laufen. Entschlossen drückte er den Menschen an sich.

Auch was die Hütte betraf, folgte er einem Gefühl.

Er hatte ein Bild von ihr vor Augen. Eine stark verblasste Erinnerung. Sie musste irgendwo dort hinten sein.

Vom Laufen und Tragen wurde er müde. Seiner neuen Gestalt ging die Kraft aus und er fing auch an, zu frieren. Egal, sie hatten es fast geschafft. Da vorn zwischen den Bäumen erhob sich ein Dach – ebenfalls weiß vom Schnee, fast unsichtbar.

Samir stapfte darauf zu.

Ohne, dass er darüber nachdenken musste, schob er die Finger in die kleine Schneemauer, die sich auf einem der Fensterbretter angehäuft hatte, und zog etwas Kleines hervor.

Schlüssel, erinnerte er sich. *Das ist ein Schlüssel.*

Um zur Tür zu kommen, musste er einiges an Schnee wegschieben. Was für eine Anstrengung. Das Atmen wurde immer anstrengender. Dieser Körper arbeitete hart für jede einzelne Bewegung, aber Samir gab nicht auf.

Er lehnte den Menschen gegen die Seite des Hauses und stocherte mit dem kleinen Ding in einem Loch herum. In dem Türschloss. Samir nickte sich selbst zu. Nickte über seine eigenen Gedanken.

Endlich konnte er sie öffnen und mit dem Menschen nach drinnen schlüpfen. *Zuflucht,* dachte Samir. *Das ist unsere Zuflucht.*

Samir schloss die Tür und sperrte damit den Schnee und den Wald aus. Er trug den Menschen in die Mitte des Raumes und legte ihn auf einer Felldecke ab. Das war vertraut.

Rechts von ihm war eine Feuerstelle. Ein Kamin. Ja. Samir hockte sich davor und legte Holzscheite hinein. Dann musste er nachdenken. Feuerstelle. Feuer. Wie ging das?

Bibbernd kam er auf die Beine. Dieser Körper war … Zum ersten Mal, seit er sich vorhin verwandelt hatte, nahm er sich einen Moment, um sich anzusehen. Er senkte den Kopf und erblickte Haut. Blasse Haut, die fast so weiß war, wie der Schnee draußen. Sein Fell war fort. Was für ein komischer Anblick.

Seine ganze Form war anders. Seine Brust so flach und diese Beine. Keine Hufe mehr. Füße. Füße mit … Er runzelte die Stirn. Noch ein Wort, das ihm nicht gleich einfiel.

Auf jeden Fall sah er aus wie ein Mensch. Wie der Mensch auf dem Boden, nur in einer natürlichen Form. Ohne Stoff, der ihn bedeckte.

Er bibberte. Sie brauchten beide ein Feuer. Samir besann sich. Sein Blick schweifte durch den Raum. Oben auf dem Kamin erspähte er etwas, das ihm vertraut vorkam. Ein Behältnis. Eine Schachtel. Ja, damit ging es.

Kleine Holzstäbchen mit roten Köpfen. Samir nahm eines heraus und kniete sich damit wieder vor die Öffnung des Kamins. Wieder bewegten sich seine Hände von selbst – wie vorhin, als er einfach nach dem Schlüssel gegriffen hatte.

Eine kleine Flamme entstand an der Spitze des ... des Streichholzes. Samir lächelte. Das machte Spaß. Als würde er ein Spiel mit sich selbst spielen.

Das Holz im Kamin fing Feuer. Die Flamme wuchs schnell auf eine angenehme Größe und verbreitete ihre Wärme im Raum. Wie gut sich das auf seiner Haut anfühle.

Samir gab ein Geräusch von sich. Ein schweres, langes Ausatmen, das ihn entspannte. Sein Blick glitt zu dem anderen Menschen. Würde das reichen? Er war immer noch so regungslos.

Prüfend legte er die Hand an das Gesicht des Menschen. Er hatte dunkles Haar und ebenso weiße Haut wie er. Seine Augen waren geschlossen. Die Lippen bleich. Und er war so kalt.

Samir verzog sorgenvoll das Gesicht und krabbelte näher zu ihm heran. Die nassen Stoffe auf seiner Haut mussten es sein. Deswegen verließ ihn die Kälte nicht.

Mit angespannter Miene setzte Samir seine Hände und Finger dazu ein, den Stoff von seiner Haut zu ziehen. Erst das rote, längliche Stück, das sich um seine Kehle schlang. Das ging leicht.

Danach wurde es schwierig. Warum hatte er das so kompliziert um sich gewickelt?

Hochkonzentriert studierte Samir all die Details dieser Sachen. Kleidung, fiel ihm ein. Menschen trugen natürlich

Kleidung. Eben, weil sie kein gutes Fell hatten, das sie warm hielt.

Vergnügt lächelte er über seine Gedanken und fand endlich einen Weg, den Stoff zu lösen. *Knöpfe,* sagte er sich in seinem Kopf vor. *Das sind Knöpfe.*

Stück für Stück schaffte er es, den anderen von seiner kalten, nassen Kleidung zu befreien. Er zog ihn ganz aus, bis er so nackt war wie er selbst. Nun konnte er sein Zittern sehen, aber auch das Heben und Senken seiner Brust. Das mochte er.

Inzwischen waren seine Gedanken wie ein Flussbett, das sich mit Wasser füllte. Jedes neue Wort, an das er sich wieder erinnerte, war ein Tropfen darin. Ganz langsam begannen sie, dahinzufließen. Nicht nur die Namen. Auch das, was er tun musste, fiel ihm nach und nach ein.

Der Mann war kalt und feucht. Er musste ihn trocknen.

Samir nahm ein anderes Stück Stoff, das von einem hölzernen Gegenstand herunterhing und rieb den fremden Menschen damit ab. So war es besser. Mit Hilfe des Felles, auf dem er lag, zog er ihn auch noch näher ans Feuer heran.

Die größte Belohnung war es, als sich das Gesicht des anderen bewegte. Samir nickte sich wieder selbst zu. Er machte das gut. Freudig sah er sich noch einmal im Raum um und entdeckte ein ganzes Lager aus trockenem Stoff.

Ein Bett. Ja, das war das Wort. Kurz blickte er zwischen dem Kamin und dem Bett hin und her, entschied dann aber, dass es besser war, wenn sie vorerst näher am Kamin blieben. Er zerrte nur die Decke heraus und schleifte sie zu dem Fell hinüber.

Dann legte er sich zu dem Menschen, schmiegte sich sanft an ihn und zog sie über sich und ihn. Der Stoff roch ein bisschen alt, aber das machte nichts. Er war trotzdem angenehm auf der Haut und half dabei, ihre Körper aufzuwärmen. Samir spürte, wie ihm das neue Kraft schenkte.

Hoffentlich war es bei dem anderen Menschen ganz genauso.

Im Kamin knackte das Feuer, und sein hübsches Licht tanzte in der Dunkelheit der Hütte umher, warf lange Schatten an die Wände und malte Muster auf all die Dinge, an deren Namen er sich erst wieder erinnern musste.

Samir fühlte sich hier wohl und immer mehr kam es ihm vor, als ob er eine ganze Menge vergessen hatte. Mehr als nur ein paar Namen.

Erneut bewegten sich seine Arme und Hände von selbst. Sie schlangen sich ganz sachte um den fremden Körper, fühlten die glatte, nackte Haut und Samir atmete erneut so tief und entspannt aus, dass er ein Geräusch dabei machte.

Seufzen, dachte er. *Das ist ein Seufzen.*

Langsam wurden seine Gedanken träge, die Abstände zwischen ihnen größer, die Zusammenhänge loser. Samirs Körper war schwer und warm und der Geruch in seiner Nase so schön wie ein lange vergessener Lieblingstraum.

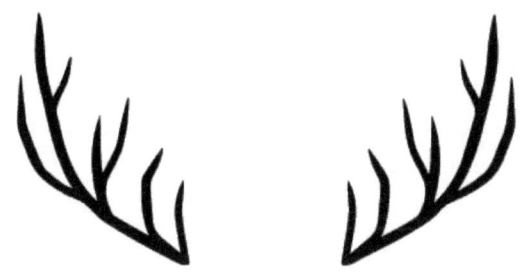

KAPITEL 3 – ZAUBER

ALS ER ERWACHTE, war Cassian sich sicher, gleich einen Boden aus Wolken unter sich vorzufinden. Keine Chance, dass er in dieser Kälte bewusstlos geworden war und das überlebt hatte.

Um ihn herum war es ganz wunderbar warm. Er konnte gar nicht anders sein: Er war tot. So schnell konnte alles vorbei sein.

Träge öffnete er die Augen. Das Jenseits war überraschenderweise doch keine Landschaft im Himmel, sondern eine Holzhütte mit einem prasselnden Feuer im Kamin und ruhigem Schneefall vor den Fenstern.

Mit einer Hand rieb er sich übers Gesicht.

Hatte er doch überlebt? Irgendjemand musste ihn gerettet haben. Also gab es doch eine Försterhütte? Und einen dazugehörigen Förster?

Schon, als er versuchte, sich aufzusetzen, merkte er, dass sein Knöchel was abbekommen hatte. Bei der kleinsten Bewegung fuhr ein spitzer Schmerz hinein, der Cassian die Zähne aufeinanderbeißen ließ.

Vorsichtig drehte er sich auf die Seite und sah sich in dem Raum um. Er lag auf einem Fellteppich vor dem

Kamin. Kurz neben ihm ragte ein alter Sessel empor, auf dem Kleidungsstücke lagen. Da drüben vor dem Fenster hingen getrocknete Kräuter und Gewürze von der Decke. In der Ecke stand ein schmales Bett mit grünem Laken und Kissen. Ansonsten waren die Wände mit kleinen Regalen und Kommoden gesäumt. Cassian entdeckte viele Bücher, auch Schreibutensilien und einen kleinen Holzvorrat. Außerdem eine Kochstelle und mehrere verdorrte Grünpflanzen. Tote Pflanzen, komisches Aushängeschild für einen Förster.

Der allerdings war auch nirgends zu sehen.

Cassian arbeitete sich langsam in eine sitzende Position vor und benutzte dann den Sessel neben sich, um sich auf die Beine zu ziehen. Die grüne Decke rutschte von ihm herunter. Cassian hielt inne und hob die Brauen.

Er war nackt.

Der Kerl hatte ihn komplett ausgezogen. War das echt nötig gewesen? Ein Hauch von Wärme huschte über seine Wangen. Egal jetzt. Seine Sachen lagen ja hier auf dem Sessel. Fühlten sich trocken an. Er griff nach der Unterhose und streifte sie sich über. Dann beugte er sich hinunter, fasste den schmerzenden Knöchel vorsichtig mit beiden Händen und betrachtete die Stelle.

Von außen ließ sich nichts erkennen. Gebrochen war er wohl hoffentlich nicht. Aber der kleinste Versuch, etwas Gewicht auf den Fuß zu verteilen, ließ ihn scharf die Luft einziehen.

Cassian musste husten. Seine Kehle war verdammt trocken. Und Hunger hatte er auch. Wie lange er wohl bewusstlos gewesen war? Sein Blick glitt wieder durch den Raum, blieb an einem der Fenster hängen. Draußen schneite es immer noch – wenn auch nicht mehr ganz so dicht wie vorhin ... oder wann auch immer er durch den Wald gestapft war.

Die verzauberte Lichtung, dachte er. Wenn es das Försterhaus gab, gab es sie vielleicht auch. Er konnte den Mann sicher danach fragen, wenn er wiederkam.

Entschlossen streifte Cassian sich auch die anderen Kleidungsstücke wieder über. Dann ließ er sich in den Sessel sinken. Das Feuer knackte angenehm im Kamin.

Wann der Kerl wohl zurückkam? Wenn es noch lange dauerte, würde er sich selbst in der Küche umsehen. Ungeduldig rieb er sich über den Bauch. Wieder der Blick zum Fenster.

Cassian stand auf und humpelte hinüber zu der Kochstelle. Alles hier sah uralt aus. Die Töpfe und die Pfanne genauso wie die Möbel. Das Holz war schartig und verfärbt und die oberen Ablagen mit einer dicken Staubschicht belegt.

Er zog die Schubladen auf und öffnete die Schranktüren. Irgendwo musste es doch Essensvorräte geben, oder?

In einer Ecke des größten Schrankes entdeckte er einen Jutesack mit Walnüssen. Und dabei blieb es. Das war das einzige Essbare, das er entdecken konnte. Vor sich hin grummelnd nahm Cassian eine Nuss zwischen Daumen und Zeigefinger und musterte sie ausgiebig, als vermutete er, dass es etwas anderes sein könnte, als das Offensichtliche.

Natürlich war es nur eine Nuss. Aber genau das war das Problem – er mochte sie nicht besonders. Seufzend drückte er die Schale zusammen, damit sie aufknackte. Das Innere kam zum Vorschein. Er war schon immer der Meinung gewesen, dass Walnusskerne aussahen wie kleine

Gehirne. Das machte sie nur noch unappetitlicher. Aber im Moment blieb ihm wohl nichts.

Er legte sich den Kern auf die Zunge und verzog das Gesicht. Ekelhaft. Wie konnten manche Leute das freiwillig essen?

»Kauen«, sagte eine Stimme.

Cassian zuckte so heftig zusammen, dass er das Gleichgewicht verlor. Er fiel hin und knallte mit dem Hintern zuerst auf den Dielenboden. Dumpfer Schmerz dröhnte durch seinen Körper und auch sein Knöchel beschwerte sich über die unkoordinierten Bewegungen. Cassian entkam ein Wimmern. Seine Finger wollten sich in das Holz krallen.

»Scheiße«, fluchte er heiser, musste wieder husten. Die Nuss hatte er vor Schreck wohl heruntergeschluckt, denn auch sein Hals schmerzte irgendwie.

In der Tür stand ein Mann, der vollkommen anders aussah, als er erwartet hatte. Er war groß und schlank und jung. Aus irgendeinem Grund hatte er bei dem Förster einen Mann jenseits der vierzig erwartet. Aber das war es nicht, was ihn so deplatziert wirken ließ. Das war vor allem die Kleidung und wie er sie trug. Die Träger der grünen Latzhose waren viel zu lang und irgendwie schief eingestellt. Das Hemd darunter falsch geknöpft. Er sah total chaotisch aus und schien sich dessen überhaupt nicht bewusst zu sein.

»Wer bist du?«, fragte Cassian mit seiner lädierten Stimme. Er hatte beinahe schon vergessen, wie sehr er ihren Klang verabscheute. In den letzten Tagen hatte er so gut es ging geschwiegen.

Der Mann schloss die Tür hinter sich und kam näher. Schneekrümel fielen von seinen Schuhen auf den Boden und schmolzen auf dem vom Kamin gewärmten Holz zu winzigen Pfützen.

»Samir«, sagte er nur. Anscheinend war er kein Freund vieler Worte. Dabei hatte der Mann eine Stimme. Eine, die voll und schön klang. Cassian verzog bitter den Mund und zog sich mit der Hand an der Küchentheke hoch. Dabei biss er die Zähne fest zusammen. Sein Knöchel brachte ihn fast um vor Schmerz.

»Du bist verletzt«, sagte Samir.

»Bin auf einem Ast ausgerutscht und umgeknickt«, erklärte er knapp und humpelte ein Stück aus der Kochnische heraus.

Der Blick des schrägen Försters wandte langsam an ihm hinab, zu seinem Knöchel, und dann wieder hinauf. Cassian hatte keine Ahnung, was er von diesem Mann halten sollte. Angst war vermutlich die falsche Reaktion, immerhin hatte der Kerl ihn aus dem Schnee gerettet und hergebracht. Aber irgendetwas stimmte auch nicht mit ihm, das war offensichtlich.

»Die Nüsse musst du kauen.«

»Was?«

»Walnüsse.«

Cassian verzog das Gesicht. »Schon gut. Ich muss auch keine Walnüsse essen.« Er humpelte vorsichtig zurück zu dem Sessel. Dort fand er auch sein Handy, das wahrscheinlich aus der Hosentasche gerutscht war. Es ging noch – was wahrscheinlich allein schon ein Wunder war, so viel Feuchtigkeit, wie die Klamotten aufgesogen hatten. Aber der Akku war schwach und es gab hier keinen Empfang.

Cassian versuchte trotzdem, Jules anzurufen. Ohne Erfolg. Er bekam nicht mal ein Rufzeichen. Ärgerlich krümmte er die Finger fester um das Telefon.

Hinter ihm schritt der Förster durch die Hütte. Ein leises, prasselndes Geräusch auf Holz erklang. Cassian wandte den Kopf und sah, wie der Mann einen Beutel voll Beeren auf der Küchentheke leerte.

Nüsse und Beeren. Das passte wohl zu einem Naturliebhaber, aber beides sagte ihm nicht zu. Was hätte er jetzt für eine leckere Forelle gegeben? Mit Salzkartoffeln und Zitrone. Ihm lief das Wasser im Mund zusammen, wenn er nur daran dachte.

»Weißt du etwas über eine ver ... eine besondere Lichtung hier im Wald?«

Samir hob den Kopf und schaute zu ihm hinüber. Er hatte bunte Flecken an den Fingern, weil er wohl gerade schon von den gesammelten Beeren genascht hatte. Mit einem Schälchen in der Hand kam er zu ihm.

»Es gibt viele schöne Lichtungen im Wald«, sagte Samir und er sprach so langsam und bedächtig, so klar und voll, dass Cassian sich davon regelrecht verarscht vorkam. Als wolle der Typ ihm demonstrieren, wie toll so eine Stimme sein konnte, wenn sie denn funktionierte. Das tat weh. Cassian unterdrückte den Schmerz, versuchte, sich auf das Wesentliche zu konzentrieren.

»Ich meine eine Lichtung, die ... magisch ist. Ein besonderer Ort. Die Leute in der Stadt erzählen davon.« Es war ja am Ende auch egal, was dieser verrückte Kerl von ihm dachte.

»Der ganze Wald ist ein besonderer Ort.«

Cassian schnaufte. Was für ein seltsames Gespräch. Vielleicht war der Kerl auch einfach nicht ganz auf der

Höhe? Das hätte zumindest die seltsame kleidungsweise erklärt.

Samir streckte ihm die Schüssel mit den Beeren hin und Cassian winkte ab, ohne einen Gedanken daran zu verschwenden. Sein Magen rebellierte knurrend gegen diese Entscheidung, aber es änderte nichts.

»Hast du Schmerzen?«, fragte Samir und setzte sich neben ihm auf den Boden.

»Im Knöchel. Und im Magen«, räumte er ein. »Du hast nicht zufällig ein paar Sandwiches oder was Richtiges zu essen da?«

»Sand ... was Richtiges?«, wiederholte Samir.

Cassian wischte sich mit beiden Händen übers Gesicht, um seine Überforderung zu verbergen. »Egal. Du bist nicht so viel unter Menschen, kann das sein? Eher der Eigenbrötler?«

»Eigenbrötler.«

Nun entkam ihm doch eine Art verzweifeltes Lachen. Es kratzte in seiner Kehle, aber das machte nichts. Irgendwann musste er seine Gefühle auch mal herauslassen.

»Ich habe viel vergessen«, sagte Samir und schien sich nicht daran zu stören, dass er ihn gerade mehr oder weniger ausgelacht hatte. »Ich glaube, ich war lange weg.«

Das letzte Wort betonte er, als sei er sich selbst nicht ganz sicher, ob es das richtige war. Cassian schaute ihn zweifelnd an. »Weg aus dem Wald?« Das hätte jedenfalls den Staub und die verdorrten Pflanzen erklärt.

Samir schüttelte den Kopf. »Weg von mir.«

KAPITEL 4 – MENSCHSEIN

SAMIR SPÜRTE, DASS der Mann ihn seltsam anschaute. Er betrachtete ihn wie etwas, dem er nicht traute. War er vielleicht doch kein richtiger Mensch geworden?

Er stand auf und schaute an sich hinab. Sein Körper war auf jeden Fall wie der eines Menschen. Er erinnerte sich, dass es früher schon einmal so gewesen war. Diese zwei Beine mit den Füßen und Zehen – es war ihm wieder eingefallen – und diese Arme mit den Händen und Fingern. Auch sein Gesicht. Es war ganz anders. So platt bis auf die Nase. Auch das Fell ... das war ganz besonders seltsam. Weil es fast überall fehlte, trugen Menschen Kleidung.

Auch der Fremde hatte wieder Kleidung angelegt, als er fort gewesen war.

»Du suchst eine Lichtung«, erinnerte sich Samir. Deswegen war der Mann also in den Wald gekommen? Es gab hier viele Lichtungen. Aber er schien eine ganz Bestimmte besuchen zu wollen. »Im Moment fällt zu viel Schnee.« Im Vergleich zu dem anderen sprach er langsam. In seinem Kopf wurde es zwar immer klarer und einfacher, mit den Worten umzugehen, aber seine Lippen und seine Zunge schienen noch etwas behäbig. »Und du bist verletzt«, stellte er noch fast. »Und hungrig.« Der Magen seines Gastes knurrte schon die ganze Zeit und Samir fiel es schwer, das zu ignorieren.

Erneut streckte er ihm die Hand mit der Schüssel entgegen, aber sie wurde wieder abgelehnt.

»Ich mag keine Beeren.«

»Ich habe sie ganz frisch gesammelt. Und keine Spuren von Vögeln.«

Sein Gast schnaubte. »So ein gebratener Vogel wäre eher was für mich.«

»Oh.« Keine Nüsse und keine Beeren. Das machte es schwierig. Der Wald bot sehr viel, aber das meiste davon war eben das eine oder das andere. Für ihn hatte das immer gereicht. Zumindest, so weit er sich erinnern konnte. Und das war nicht sehr weit.

Samir griff sich an den Kopf und ließ die Finger durch die Haare streichen. Er wünschte, da wären noch mehr klare Erinnerungen. Im Moment fühlte er sich seltsam unvollständig. Als er noch ein Hirsch gewesen war, hatte er das nicht gekannt.

»Wir können die Lichtung zusammen suchen. Wenn das Wetter anders ist«, schlug er vor. Er wollte dem Menschen helfen und zugleich hoffte er, dass er sich an mehr erinnern könnte, wenn sie noch etwas Zeit miteinander verbrachten. Er verstand nicht, was passiert war, aber irgendwie schien er ja der Schlüssel dazu zu sein. Der Anfang davon.

»Okay«, erwiderte der andere und schenkte ihm damit ein Gefühl großer Erleichterung. Samir nickte freudig und stand vom Boden auf.

»Tee«, sagte er dann. »Magst du Tee?«

Der Mensch nickte und Samir stand auf. Er würde Tee für sie beide machen. Die passenden Blätter hatte er bereits gesehen, als er sich vorhin für seine Nahrungssuche vorbereitet und dabei die Küche durchsucht hatte.

Er ging hinüber – inzwischen fühlte er sich ganz sicher auf den beiden Beinen – und ließ Wasser in den kleinen grünen Kessel laufen. Auch diese Handgriffe passierten einfach. Es war, als würde sein Körper sich schneller erinnern als sein Geist. Das hier hatte er in der Vergangenheit anscheinend schon oft getan.

Die wohlduftenden Blätter legte er in ein kleines Sieb und goss das kochende Wasser darauf. Während er seinen Händen bei dieser Arbeit zusah, vergaß er fast die Anwesenheit des anderen Menschen.

»Wie ist dein Name?«, fragte er, als er wieder zu ihm hinschaute. Irgendwie sah er sehr unglücklich aus.

»Cassian.«

»Cassian«, wiederholte Samir leise murmelnd. »Cassian.« Er hatte es sich jetzt schon zur Angewohnheit gemacht, alle neuen Namen mehrmals zu sagen, damit er sie wieder fest in seine Erinnerung einschließen konnte.

Er ging zum Feuer und reichte Cassian eine Tasse.

Dass er sie entgegennahm, machte ihn glücklich. Lächelnd setzte Samir sich wieder auf das Fell am Boden und blies sachte über den Tee, damit er schneller abkühlte.

Während sie tranken, redeten sie nicht, doch in Samir war es trotzdem laut. In Gedanken sprach er die ganze Zeit. Er hatte so viele Fragen. Aber wenn er die alle stellte, würde er Cassian damit vielleicht nerven. Außerdem wusste er nicht, wie ehrlich er mit den Dingen sein konnte, die ihm durch den Kopf gingen.

Dass er bis vor einem Tag noch ein Hirsch mit einem wunderbaren Fell und einem königlichen Geweih gewesen war, behielt er besser für sich. Er glaubte, sich daran zu erinnern, dass Menschen für gewöhnlich nicht an solche Zauber glaubten. Sicher war er sich aber nicht.

Er hatte den Wald lange nicht verlassen. Eigentlich wusste er überhaupt nichts mehr über Menschen. Wenn er sich wie einer verhalten wollte, folgte er am besten seinem Instinkt.

Samir krabbelte zum Kamin und warf einige weitere Scheite ins Feuer, damit es nicht ausging.

»Wie ist es außerhalb vom Wald?«, fragte er. Er wollte, dass Cassian mehr redete, ihm mehr erzählte. Wieder traf ihn dieser seltsame Blick. War das eine komische Frage?

»Scheiße. Deswegen bin ich ja hergekommen.«

Samir blinzelte überrascht.

»Mit Zynismus kannst du nicht so viel anfangen, was?«

»Zy...«, setzte Samir an, merkte aber gleich, dass das Wort mit gar nichts in seinem Kopf harmonierte. Er hatte es wohl noch nie gehört.

»Ach, vergiss es.« Cassian wirkte auf einmal müde und obwohl er den Tee getrunken hatte, war seine Stimme immer noch so heiser.

Es wurde wieder still zwischen ihnen und Samir kam sich unbeholfen vor. Noch mehrmals versuchte er, ein neues Gespräch mit Cassian anzufangen, aber der antwortete ihm nur noch mit einzelnen Worten oder kurzen Gesten.

Das betrübte ihn.

Samir stand auf und fing an, die Hütte zu reinigen. Er wischte die Ablagen, Regale und Möbel mit einem weichen Tuch ab, das er zwischendurch immer wieder mit etwas Wasser reinigte, und fühlte, wie er dabei müde wurde.

Bei seinem Griff in die Beerenschüssel warf er nochmals einen Blick zu Cassian, aber der wehrte sein Angebot erneut ab, obwohl sein Magen deutlich knurrte. Vielleicht könnte er Cassian dazu bringen, ihm mehr zu trauen und mehr mit ihm zu reden, wenn er ihm etwas zu Essen besorgte, das er mochte?

Einen Vogel? Die Vorstellung widerstrebte ihm. Er wollte nichts töten. Die Vögel mochte er viel zu gerne. Ihre vielstimmigen Lieder, die in allen Jahreszeiten durch die Baumkronen und das Astwerk schallten – darauf wollte er niemals verzichten. Und er wusste nicht, ob er ihren Gesang noch genießen könnte, wenn er wüsste, dass er einen von ihnen umgebracht hatte. Nein, das konnte er wirklich nicht. Auch nicht für seine Erinnerungen.

Nachdem er gegessen hatte, wollte er schlafen.

»Du bist verletzt. Ich finde, du solltest im Bett schlafen«, sagte Samir und deutete auf das Möbelstück. Ein hoffnungsvolles Lächeln lag auf seinem Gesicht, weil er irgendwie hoffte, dass Cassian ihm mehr trauen würde, weil er wusste, was ein Bett war. Das schien allerdings überhaupt keinen Eindruck zu machen.

Sein Gast zögerte. Vielleicht tat sein Knöchel zu sehr weh, als dass er aufstehen konnte? Samir kam zu ihm und streckte die Hand nach ihm aus. »Ich helfe dir.«

»Es reicht schon, wenn du mich nicht nochmal erschreckst.« Cassian nahm seine Hand, um sich vom Sessel hochzuziehen, ließ sie dann aber sofort wieder los. Er humpelte alleine hinüber zu dem Bett und setzte sich auf die Matratze.

Samir hob die Decke vom Boden auf und trug sie ihm hinterher. Sorgsam bedeckte er Cassian damit und ging dann selbst wieder hinüber zum Feuer. Er würde wieder auf dem Teppich schlafen. Jetzt, da er durchgewärmt war, würde er hier keine Decke brauchen.

»Du bist ein netter Kerl«, kam es aus der Zimmerecke. Noch leiser als die anderen Worte und so kratzig, dass es Samir fast selbst im Hals wehtat. Er drehte sich auf die Seite, damit er zum Bett hinüberschauen konnte.

Dass Cassian ihn nett nannte, freute ihn. Er lächelte. Cassians Gesicht konnte er leider nicht sehen, weil er sich vom Zimmer abgewandt hatte. Unter der Bettdecke bewegte sich etwas. Stoff raschelte. Dann schob Cassian den Pullover und die Hose, die er getragen hatte aus dem Bett.

Das stieß wieder etwas in ihm an. Dass er in den Sachen schlief, war nicht ganz richtig, oder? Menschen schliefen nicht in ihren Sachen. Ja, er erinnerte sich daran, dass sie sogar viele verschiedene Kleidungsstücke zu besitzen und zu wechseln pflegten. Da war noch mehr. Eine Erinnerung, die sich größer anfühlte, aber zugleich so dünn und fein, dass er nicht nach ihr greifen konnte.

Samir seufzte leise.

Dann fing er an, die Knöpfe seiner Sachen zu öffnen. Das, was er gerade trug, hatte er in der Kommode gefunden. Es war ganz schön kompliziert. So viele Löcher und Knöpfe und … Schnallen. Ja, seine Hose hatte Schnallen. Anders als die von Cassian. Warum es wohl überhaupt unterschiedliche Hosen gab?

Sein Kopf wurde nicht müde, diese Fragen auszuspucken. Inzwischen war der Fluss in seinem Kopf ein wildes Gewässer. Und auch, wenn er zwischendurch das Gefühl hatte, sich ungeschickt anzustellen, war er doch sehr froh darüber. Es fühlte sich richtig an. Als wäre er auf dem Weg zu irgendetwas. Auf einer Reise. Einem Abenteuer.

KAPITEL 5 –
DANKBARKEIT

IN SEINEN TRÄUMEN hatte er die verzauberte Lichtung gefunden. Er hatte sie andächtig betreten und sich sofort eingehüllt von ihrer Magie gefühlt. Es war auch kein Winter mehr gewesen, sondern Frühling. Ein Meer aus wilden Blumen hatte die Lichtung umgeben und sanftes Sonnenlicht hatte im Gras geglitzert wie Morgentau.

Das Schönste an der Magie der Lichtung war aber gewesen, dass sie ihm seine Stimme zurückgegeben hatte. Ganz in ihrer alten Kraft oder sogar noch schöner. Voll und samtig und so bereit, um Geschichten zu erzählen oder Lieder zu singen.

Er erinnerte sich, dass er im Traum Melodien gesummt hatte. Endlich war er wieder ein vollständiger Mensch gewesen, seine Träume wieder am Leben.

Ernüchterung drückte auf seinen Brustkorb, als Cassian die Augen öffnete und sich in der Försterhütte wiederfand. Neben ihm hinter dem Fenster lag immer noch der winterliche Wald. Alles weiß, keine Spur von Frühling.

Immerhin schneite es nicht mehr so stark. Nur vereinzelte, fast verirrt wirkende Flocken sanken im Taumelflug vom Himmel herab.

Cassian rieb sich über die Augen. Er würde nicht weinen. Das hatte er lange schon aufgegeben. Und selbst das hörte sich mit dem kläglichen Rest seiner Stimme falsch und seltsam an. Er wollte sich nicht selbst daran erinnern. Also weinte er nicht.

Irgendwo neben ihm polterte es.

Samir stand an dem kleinen Esstisch in der Nähe der Kochnische und hantierte mit zwei Schüssel herum. Er hielt einen Löffel in der Hand und rührte etwas. Dabei sah er sehr konzentriert aus – zumindest, bis er seinen Blick auffing. Dann breitete sich ein Lächeln auf seinem Gesicht aus.

Es war irgendwie hübsch. Gestern war ihm das nicht aufgefallen, weil er so abgelenkt von der schief hängenden Latzhose und dem falsch geknöpften Hemd gewesen war. Heute trug Samir eine Jogginghose. Das ließ ihn deutlich normaler aussehen.

Wie einen Kerl Ende zwanzig, der vielleicht beschlossen hatte, das Leben in der Zivilisation hinter sich zu lassen. Ob er wirklich der Förster war? Vielleicht war das auch gar keine Försterhütte, sondern einfach nur irgendein Holzhäuschen.

»Guten Morgen. Ich habe Frühstück gemacht.« Wieder sprach er die Worte langsam und übertrieben klar aus. Vielleicht war das einfach seine Art, zu sprechen, aber es stach immer noch. Cassian hielt sich die Hand vor den Mund und tat so, als würde er gähnen, obwohl er mit der Geste nur den schmerzlichen Ausdruck verstecken wollte, den sein Gesicht gerade annahm, ohne, dass er es wollte.

Direkt nach dem Unfall hatten viele Leute Mitleid mit ihm gehabt. Familie, Freunde, Freunde von Freunden und Bekannte von Freunden. Die Nachbarn hatten einen Korb mit Geschenken zusammengestellt und vor Genesungswünschen und gut gemeinten Aufmunterungsversuchen hatte er sich kaum retten können.

Es gibt da diese Operation, damit wird alles wieder wie vorher.

Nichts war wie vorher geworden.

Die OP war schiefgegangen, er hatte etwas Geld dafür bekommen und genausoviele Entschuldigungen wie vorher Genesungswünsche. Aber das, was er eigentlich wollte, würde er niemals erreichen. Seine Stimme war unwiederbringlich weg.

Cassian zwang sich, an etwas anderes zu denken. Er wollte vor Samir nicht in Tränen ausbrechen und darüber reden schon gar nicht.

»Was denn?«, fragte er also heiser wie immer zurück.

»Ich habe keinen Namen dafür.« Samir kam zu ihm und setzte sich neben ihn auf die Bettkante. In der Schüssel in seinem Schoß befand sich eine Art Mus. Näher konnte er es nicht beschreiben. Selbst die Farbe war nicht definierbar. Irgendwo zwischen Rot und Violett, gesprenkelt mit hellen Stückchen, die wie Mandelraspeln oder so etwas aussahen. Hatte was von einem Dessert, wenn er genauer darüber nachdachte.

»Es ist gesund und schmeckt gut«, sagte Samir, als sei das ein Ersatz für die Information, was er da zusammengemischt hatte. Im selben Atemzug hatte er schon den Löffel in das Mus gegraben und hielt ihn jetzt vor Cassians Mund.

Erschrocken von so viel Forschheit wich er zurück.

»Ich kann...« Selbst essen, hatte er sagen wollen, aber da hatte Samir den Moment schon genutzt und ihm den Löffel zwischen die Lippen geschoben. Cassian verengte die Augen. Das war echt dreist. Aber ...

Es schmeckte wirklich gut.

Gierig verschlang er, was auf dem Löffel gewesen war, und brachte Samir damit regelrecht zum Glucksen. Der Kerl hatte Nerven.

»Gib her.« Er nahm ihm den Löffel aus der Hand und ließ sich die Schüssel reichen. Dann aß er selbst und dachte nicht mehr daran, dass er gestern noch behauptet hatte, keine Beeren zu essen.

Das hier schmeckte und sein Magen war so unfassbar leer, dass es inzwischen auch gar keine Rolle mehr spielte, wo seine Präferenzen lagen.

»Es sind sogar Walnüsse drin«, sagte Samir und beobachtete ihn fröhlich lächelnd. »Ich habe sie vorher zerhackt. Walnüsse schmecken gut, wenn man sie zerkaut.«

Er ließ ihn einfach reden. Irgendwie war es ja verdammt nett, dass er ihm ein Essen zubereitet hatte. Überhaupt war Samir unerwartet freundlich. Er war auch in vielerlei anderer Hinsicht *unerwartet*, aber es wäre unfair gewesen, weiter schlecht über ihn zu denken, wenn er so hilfsbereit war.

Er hatte ihn gerettet und versorgte ihn hier. Das musste er honorieren. Und weil es ihm schwerfiel, einfach »Danke« zu sagen, wie jeder normale Mensch, versuchte er, sein Lächeln zu erwidern, und gab zu: »Vielleicht sind Beeren und Nüsse doch nicht so schlecht wie ich dachte.«

Samir lächelte noch breiter. Er sah richtig glücklich aus, so als sei es für ihn das Größte, dass jemand etwas

Freundliches zu ihm sagte. Er musste sehr lange einsam gewesen sein, oder?

Aber es war auch irgendwie erfrischend, in sein Gesicht zu schauen und diese Freude zu spüren. Er war so unverstellt, wirkte vollkommen aufrichtig. Als würde er überhaupt nicht darüber nachdenken, wie er sich präsentierte oder was andere über ihn denken könnten.

»Wie geht es deinem Knöchel?«

Cassian machte nur widerwillig eine Pause beim Essen, beugte sich vor und bewegte den Fuß vorsichtig hin und her. Schmerz durchzuckte ihn und ließ ihm fast die Schüssel aus den Fingern rutschen.

»Noch nicht viel besser«, sagte er.

Samir sah ihn nachdenklich an. »Vielleicht kann ich dafür auch etwas anrühren. Eine ... ähm ...« Er schien eine Weile über das Wort nachdenken zu müssen. Schließlich fiel es ihm ein. »Eine Salbe.«

»Kennst du dich mit Heilpflanzen aus?«, fragte Cassian. Und gab es jetzt im Winter überhaupt welche?

Ein aufgeregtes Nicken folgte. »Ich kenne den Wald besser als jeder andere.«

»Du hast lange hier gelebt, was?« Eigentlich wollte er nicht so viel reden, weil er es nach wie vor hasste, seine heisere Stimme zu hören und er sich ständig räuspern musste, ohne, dass es besser wurde. Aber er sprach trotzdem, weil der Kerl ihn neugierig machte.

»Ich bin wie ein Teil des Waldes«, erwiderte Samir ernst. »Viele Jahre schon. Ich weiß nicht, wie lange.«

Cassian kratzte die letzten Reste Beerenmus aus der Schüssel und meinte scherzhaft: »Na ja, höchstens so sechsundzwanzig würde ich sagen. Wenn du seit deiner Geburt hier gelebt hättest.«

»Geburt«, wiederholte Samir. Langsam gewöhnte Cassian sich daran, dass er dauernd einzelne Worte wiederholte. »Ich kann mich nicht daran erinnern.«

Cassian musste lachen. »An seine Geburt erinnert sich niemand. Das ist ganz normal. Selbst die ersten vier bis fünf Lebensjahre sind für die meisten Menschen nur ein schummriger Nebel.« Er musste husten. »Meine erste Erinnerung ist, wie ich als halbe Portion versuche, das dicke Märchenbuch aus dem Regal zu ziehen und mein Vater mir schließlich dabei hilft. Das Buch war fast so groß wie ich.«

Die Erinnerung hüllte ihn ein. Es waren Bilder, die ihn früher immer glücklich gemacht hatten. Seine Liebe zu Geschichten und die enge Verbindung zu seinem Vater. Heute hing ein Gewicht an ihnen, das ihn in die Tiefe eines schwarzen Loches ziehen wollte, in dem nur Schmerz und Bedauern auf ihn warteten. Aber seltsamerweise fiel er dieses Mal nicht hinein. Samirs warmes Lächeln war wie ein Netz, das sich über die dunkle Schlucht spannte und ihn aufhielt.

»Ich glaube, meine erste Erinnerung bist du.«

KAPITEL 6 –
ERINNERUNGEN

BLÖDSINN«, TAT CASSIAN sein Geständnis ab. Samir ließ die Schultern sinken. Aber es war so! Alles, was zuvor vielleicht gewesen war, war von einer dicken Schneedecke überlagert. Er kam nicht dran. »Wahrscheinlich waren deine Tage hier allein im Wald einander so ähnlich, dass es einfach hervorsticht, dass du mich gefunden hast.«

Samir nickte schwach. »Ja, wahrscheinlich.« Er hätte Cassian so gerne davon erzählt, wer er wirklich war, aber er befürchtete, dass er dann in Panik geraten könnte.

»Ich meine, was kann man hier denn schon machen, um sich die Zeit zu vertreiben? Wie hast du die Zeit verbracht?« Er wandte den Kopf und blickte aus dem Fenster, das neben dem Bett den Blick nach draußen ermöglichte. Im Moment sah man dort nur eine dünne Schicht aus Schnee, die sich über die untere Hälfte das Glases zog. Auch dahinter war alles weiß.

»Wir sind eingeschneit«, murmelte Cassian.

»Ich bin viel im Wald umhergelaufen.« Das stimmte. Dass er auf vier statt auf zwei Beinen unterwegs gewesen war, musste er ja nicht dazusagen.

»Verstehe. Es ist schön, wenn man so von Natur umgeben ist.«

Samir nickte.

»Sicher, dass du dabei nicht die verzauberte Lichtung entdeckt hast?«

»Ich weiß nicht.« Er versuchte wirklich, sich zu erinnern. Nachdenklich legte er eine Hand ans Kinn und starrte ins Leere. Es gab viele schöne Lichtungen im Wald. Wenn die Tage warm und lang waren, sprossen die schönsten Blumen und selbst die Sträucher trugen Blüten. Bunte Gerüche zogen dann durch den Wald, lockten einen hierhin und dorthin. Und es gab dann auch jede Menge mehr zu essen.

Eine ferne Erinnerung streifte ihn. Spiele im Wald. Schritte im Gras.

»Ich könnte dir verschiedene Orte zeigen«, bot er an. »Wenn der Schnee nicht mehr so hoch ist.«

»Und wenn ich wieder laufen kann«, fügte Cassian seufzend hinzu. »Ich bin dabei. Aber was machen wir bis dahin? Fernsehempfang hast du hier wahrscheinlich nicht, oder?«

»Fernseh...«

»Fernsehempfang«, wiederholte Cassian für ihn. »Wenn dir das nichts sagt, dann ist die Antwort wohl nein.«

Samir schüttelte den Kopf. »Tut mir leid.«

Cassian schaute sich um. Er schien irgendwas zu suchen. Eine Weile schwieg er. Dann deutete er mit der Hand auf eins der Regale. »Sieht aus, als hättest du dir einsame Abende bisher eher mit Büchern vertrieben.«

»Bücher«, sagte Samir und folgte Cassians Fingerzeig. »Ja.« An Bücher erinnerte er sich. Bilder und Geschichten. Er stand auf und ging zu dem Regal, zog eines heraus. Es war staubig. Sanft wischt er über den Einband. Hübsch und bunt.

Lächelnd trug er es zu Cassian, der auf dem Bett sitzen geblieben war. Er musste seinen Knöchel schonen.

»Märchen?«, fragte der und schlug das Buch auf. Es war so groß, dass sie es beide gleichzeitig auf dem Schoß hatten. »Das ist echt alt. Schau, die Schrift.«

Samir nickte nur, als würde er verstehen, was Cassian meinte. In Wirklichkeit hatte er keine Ahnung von Schrift. Er sah die Buchstaben, wusste, dass es Buchstaben waren, Worte, die eine Geschichte formten. Aber er konnte sie nicht lesen.

Cassian starrte auf die Seiten und wirkte irgendwie verkrampft dabei.

»Na ja, ist wohl besser als nichts«, sagte er mit seiner heiseren Stimme, die irgendwie anders klang. Mühsam. Verstellt. »Liest du uns was vor?« Er schob ihm das Buch zu, bevor Samir etwas dazu sagen konnte.

»Ich ...« Er hielt das hübsche Ding fest, damit es nicht herunterfiel, musterte die Buchstaben, verengte die Augen, und versuchte, die Buchstaben zu Worten zu formen, die er aussprechen konnte. Doch es geschah nichts. Er erinnerte sich nicht. Falls er jemals hatte lesen können, war diese Fähigkeit zu tief verschüttet.

Cassian legte die Hand auf seinen Unterarm. »Was ist?«

Samir schüttelte den Kopf. »Ich kann nicht lesen.«

Ihre Blicke trafen sich. Cassians Augen wirkten wach und scharf. Aber das ging nicht gegen ihn, es war keine Geringschätzung, keine Enttäuschung, wie ihm binnen eines Herzschlages klar wurde – ein Wort formte sich in seinen Gedanken: Verzweiflung. Unterdrückt und maskiert, aber sie war da. Wie Schmerz, der sich hinter einem Lächeln verbarg.

Cassian zog die Brauen zusammen und wandte sich ab. Was hatte er da gerade gesehen? Samirs Herz schlug schnell und kräftig.

»Tja, dann wird das wohl nichts.«

Samir strich liebevoll über die erste Zeile. »Du könntest uns vorlesen. Ich mache dir einen Tee gegen die Heiserkeit und ...«

»Könnte ich nicht«, stieß Cassian hervor. »Ein blöder Tee bringt mir nichts.«

Samir zuckte unter so viel Schärfe. Verängstigt rückte er ein Stück von Cassian weg. Das Buch rutschte ihm aus den Händen. Zittrig hob er es vom Boden auf und umklammerte es auf seinem Schoß.

Er spürte Cassians Wut in sich. Hitze und Kälte. Zorn und Verzweiflung. Sein Körper zog sich regelrecht darunter zusammen. So etwas kannte er nicht. Schwer schluckte er.

»Ich wollte nicht ...«, begann er.

»Ich hab eine Stimmbandlähmung. Deswegen klinge ich so«, fuhr Cassian dazwischen. Er sprach schneller als sonst, so als wolle er die Worte möglichst schnell loswerden. »Und das wird auch nicht mehr besser. So wie es jetzt ist, bleibt es für immer.« Cassian starrte immer noch geradeaus, sah ihn nicht an. Mit einer Hand griff er sich an den Hals. »Es sei denn, es geschieht ein Wunder.« Er schnaufte.

Samir sah ihn mit großen Augen an. Er wusste nicht, was eine Stimmbandlähmung war, aber er verstand, dass Cassians Stimme eine Verletzung erlitten hatte.

»Suchst du deswegen eine verzauberte Lichtung?«, fragte er leise. »Weil du ein Wunder finden möchtest?«

Cassian nickte grimmig. »Kindisch, ich weiß. Lach mich ruhig aus. Wenn man verzweifelt genug ist, klammert man sich eben an Märchen oder man bringt sich um. Ich hab mich für die erste Variante entschieden.«

Nein, ihm war ganz und gar nicht zum Lachen zumute. Es tat ihm leid, dass es Cassian so schlecht ging. Die ganze Zeit war es ihm schon so vorgekommen, als läge eine unsichtbare Last auf diesem Mann.

»Ich helfe dir«, versprach er. »Wenn es die Lichtung gibt, finden wir sie.«

Er sah, wie Cassian schluckte. Dann wandte er langsam den Kopf, sah ihn wieder an. Die dunklen Augen musterten ihn und Samir meinte, aufsteigende Tränen in ihnen zu sehen. Mit dem nächsten Blinzeln aber verschwanden sie.

KAPITEL 7 – VERTRAUEN

SEIT DEM UNFALL hatten viele Leute Hilfe versprochen. Cassian hatte aufgehört, ihnen zu glauben. Überhaupt jemandem, irgendetwas zu glauben – egal ob es Heilsversprechen oder Liebesgeständnisse waren. Die Trennung von seiner Freundin war schmerzhaft gewesen, aber in demselben trüben Nebel aus Enttäuschungen und Frustration untergegangen, wie alles andere.

Jetzt, als Samir ihn so ansah, aus seinen ehrlichen, braunen Augen, spürte Cassian in sich, dass da doch noch ein Funke war. Wie sollte er das nennen? Vertrauen? Vertraute er diesem fremden, etwas seltsamen Mann, dass er ihm helfen konnte? Dass sie die Lichtung finden würden und am Ende alles irgendwie gut wurde?

Er wusste nicht, woher er diese Verrücktheit nahm, aber irgendwie – ja – tat er genau das. Vielleicht gerade weil Samir so anders war.

»Okay«, murmelte er und kämpfte die Tränen zurück, die unweigerlich in ihm aufgestiegen waren. Es hatte schon Kraft gekostet, Samir ums Vorlesen zu bitten. Das war immer sein Traum gewesen. Er hatte erst Wochen vor dem Unfall angefangen, dieses Leben, das er sich immer gewünscht hatte, zu leben.

Jeden Morgen war er voller Elan in das Tonstudio gefahren. Er war so aufgeregt gewesen, als er das erste Mal dort vor dem Mikrofon stand, den Text auf einem kleinen Monitor, farbig markiert. Nebenan die Regie, die ihm Anweisungen gab, wenn er etwas nochmal lesen sollte, mit mehr Gefühl, hier eine andere Betonung, dort eine Atempause. Es war neu und herausfordernd gewesen, aber absolut das, was er tun wollte.

Er liebte das Vorlesen, er liebte Geschichten und er liebte es, mit seiner Stimme zu zaubern. Etwas in Menschen auszulösen. Jetzt war das alles dahin. Er konnte nur noch krächzen und husten. Dieser heisere Rest einer einstmals schönen Stimme war zu nichts zu gebrauchen.

Trotzdem hätte er Samir zugehört und vielleicht hätte er sogar ein kleines bisschen Frieden darin finden können, wenn er sich dieser Situation einfach aussetzte. Jemand anderen mit einer schönen Stimme bei sich zu haben und ihm zuzuhören. Aber Samir konnte nicht lesen. Obwohl er dieses schöne Buch hier bei sich hatte.

Kurz überlegte Cassian, ob das vielleicht eine Lüge war, aber Samir wirkte in allem, was er tat und sagte so wahnsinnig aufrichtig, dass er diesen Gedanken als absurd beiseite schob.

»Strengt es dich sehr an? Ich meine ... mich stört es nicht, dass deine Stimme heiser ist. Ich würde trotzdem gern zuhören, wenn du liest.«

Der Blick aus den braunen Augen wirkte scheu und vorsichtig. Cassian verzog den Mund. Trotzdem vorlesen? Das konnte ihm doch nicht wirklich gefallen. Er wollte den Kopf schütteln, aber da spürte er, wie Samir ihm ganz sanft das Buch auf den Schoß legte, schüchtern fast.

»Bitte ... vielleicht hilft es meiner Erinnerung. Ich ... scheine ja immer hier gelebt zu haben – das Haus kommt mir vertraut vor und ich kenne den Wald da draußen. Ich wusste sogar, wo der Tee ist und der Schlüssel versteckt war. Ich kannte bestimmt auch diese Bücher, ... aber jetzt ist da so viel Schnee in meinem Kopf. Ich weiß fast gar nichts mehr.«

Der junge Mann klang so verwirrt und hilfesuchend, dass es Cassian schwerfiel, ihn abzuweisen. Nachdenklich musterte er das Buch. Wenn es hierbei nicht darum ging, möglichst schön vorzulesen, sondern sie das nur machten, um etwas Zeit totzuschlagen und Samirs Erinnerungen auf die Sprünge zu helfen, war es vielleicht etwas anderes.

Gib dir einen Ruck, sagte er sich. *Samir hat dich aus dem Schnee gerettet. Du kannst ein paar Seiten für ihn lesen, auch wenn es furchtbar klingt. Er hat gesagt, es stört ihn nicht.*

Cassian atmete tief ein und aus und zwang sich so, den Widerwillen fortzuschieben. Er würde das für Samir machen. Niemand anders würde es hören. Nur sie beide.

»Also gut«, sagte er und schlug das Buch auf.

Samir hüpfte neben ihm auf dem Bett auf und ab und strahlte mit so einer Fröhlichkeit, dass Cassian sich beinahe hätte anstecken lassen. Es war beeindruckend, welche Kraft Samirs Emotionen besaßen. Es war nicht das erste Mal, seit er hier war, dass er sich von ihm mitgerissen fühlte. Dieser Mann leuchtete von innen heraus. So ein Licht hätte er gern selbst auch besessen.

Cassian räusperte sich.

»Ich koche trotzdem einen Tee, ja? Wir müssen genug trinken.« Damit sprang er auf und lief in die Küche — wobei Laufen leicht untertrieben war. Er tanzte eher.

Während er Wasser aufkochte und Tee zubereitete, machte Cassian es sich auf dem Bett bequemer. Er schob Decke und Kissen in seinen Rücken, damit er leichter aufrecht sitzen konnte. Dann schlug er das Buch auf seinem Schoß auf und betrachtete die erste Seite.

Die Überschrift war rot und der untere Rand der Seite mit kunstvollen Mustern verziert. Er hielt ein richtiges Schmuckstück von einem Märchenbuch in der Hand. So schön.

Samir kam mit den Tassen und stellte eine auf den Beistelltisch neben dem Kopfende, sodass er sie erreichen konnte, wenn er trinken wollte, und setzte sich mit der anderen neben ihn.

»Ich bin so gespannt«, gab er zu und lächelte.

Cassian nickte. Dann also los.

Die ersten Zeilen las er einfach nur vor. Seine Lippen formten die Worte, seine Zunge schliff die Töne. Cassian versuchte ganz bewusst, es nicht besonders gut zu machen. Wenn er sich keine Mühe gab, war es irgendwie leichter zu ertragen.

Samir schien es nicht zu stören, dass er die Sätze einfach nur herunter ratterte wie ein kaputter Wecker. Er saß ganz entspannt neben ihm, trank in kleinen Schlucken den Tee, dessen Kräutergeruch Cassian in die Nase zog, und bewegte hin und wieder die Beine, als sei er aufgeregt.

Cassian blätterte um. Das Gefühl des rauen Papiers unter seinen Fingern tat ihm gut. Das Buch roch so angenehm. Ein bisschen nach Staub, aber auch nach alten

Geschichten. Der Geruch seiner Kindheit. Nur das After-shave seines Vaters fehlte.

Er las und las und merkte, wie es langsam einfacher wurde. Wie er sogar anfing, sich ein bisschen mehr zu investieren. Er versuchte, ein bisschen mehr zu betonen, wenigstens einen kleinen Rhythmus in die Erzählung zu bringen. Das ging auch ohne eine tolle Stimme. Jedenfalls einigermaßen.

Wann immer er einen Seitenblick zu Samir warf, sah er nur sein Strahlen. Egal, ob er gerade fröhlich aussah, oder ein bisschen bedrückt oder angespannt, weil die Geschichte gerade eine weniger gute Wendung für die Figuren genommen hatte. Er war immer ganz dabei und so offen, wie schon die ganze Zeit.

Er ist hübsch, dachte Cassian bei sich. Er sah Samir gerne an. Er hatte ihn gerne in seiner Nähe. Sein Leuchten, seine Offenheit.

So schlimm war das Vorlesen gar nicht. Jedenfalls nicht, wenn er es nur für ihn tat. Cassian hätte sich mit dieser Stimme niemals wieder vor ein Mikrofon gestellt oder vor einem Publikum gelesen. Aber Samir war eine Ausnahme.

Zwischendurch musste Cassian kurz absetzen und etwas trinken. Die Heiserkeit wurde noch etwas schlimmer, wenn er viel sprach und wenig trank, also genehmigte er sich ein paar Schlucke Tee, bevor er weitermachte.

Das Rascheln des Papiers klang schön. Cassian las bis zum Ende der ersten Geschichte und strich am unteren Seitenrand über die bunten Verzierungen.

»Und wenn sie nicht gestorben sind, dann leben sie noch heute.«

Samir lächelte. »War es auch nicht zu anstrengend?«

»Nein, schon gut. Aber ich brauche jetzt eine Pause.« Er griff erneut nach der Tasse und trank. »Hat es denn geholfen?«

Samir sah ihn an.

»Ich glaube schon. Irgendwie. Es kam mir bekannt vor. Aber ich weiß nicht, ob ich die Geschichte selbst schon mal gelesen habe, oder jemand anderes für mich, so wie jetzt.«

»Lesen verlernt man eigentlich nicht«, murmelte Cassian. »Das ist wie Fahrradfahren.«

»Fahrrad...«

Cassian lachte. Kannte er das auch nicht? »Fahrradfahren«, sagte er liebevoll. »Jedes Kind ist doch mal Fahrrad gefahren.«

»Ich ... vielleicht bin ich nicht ... oder war ich nicht ...« Samir druckste herum. Stirnrunzelnd betrachtete Cassian ihn. »Glaubst du, es könnte wirklich verzauberte Menschen geben? Wie in dem Märchen?«

KAPITEL 8 – DÜFTE

ALS ER CASSIAN gelauscht hatte, hatten sich die Worte direkt in Bilder verwandelt. In Farben und Geräusche, in den Geruch des Waldes und die Berührung des Windes auf seiner Haut.

Männer, die sich in Raben verwandelten, das war ihm für einen Moment so real erschienen, wie die Hütte um sie herum und der Schnee draußen vor dem Fenster. Vielleicht war es für Cassian ja auch so?

Der lächelte ihn an. Es wirkte seltsam weich. Sie tauschten einen langen Blick, bis Cassian sagte: »Wenn ich die Lichtung finde, werde ich es.«

Samir öffnete den Mund, sagte aber nichts. Wenn er die Lichtung mit ihm finden könnte, würde Cassian an Märchen und verzauberte Menschen glauben? Also auch an ihn? Jetzt wollte er ihm umso mehr dabei helfen.

Mit klopfendem Herzen sah er dabei zu, wie Cassian immer wieder über die Verzierungen auf den Buchseiten strich. Sie saßen so nahe beieinander, dass er Cassians Geruch wahrnehmen konnte. Sein Atem roch jetzt nach dem Tee, aber er hatte auch einen ganz eigenen Duft an sich, den Samir gar nicht richtig beschreiben konnte.

Wahrscheinlich war das die Stadt? Er roch aufregend, nach fernen Abenteuern und einem Leben, das Samir nicht kannte.

Ohne nachzudenken, lehnte er sich noch ein Stück weiter zu ihm hinüber. Seine Stirn legte sich gegen die Seite von Cassians Kopf und seine Nase berührte das weiche Haar des anderen Mannes. Samir holte tief Luft, sog den hübschen Geruch in seine Lungen.

Und er schenkte ihm neue Bilder. Flüchtige, brüchige Bilder von ... Straßen. Autos. Einem Dröhnen in der Ferne. Von Gelächter und Rufen. Dann war es wieder vorbei.

»Was machst du da?«, fragte Cassian und wandte den Kopf. Samir zuckte zurück. »Hast du an mir gerochen?« Ein irritierter Ausdruck machte sich auf Cassians Gesicht breit. Dann hob er den Arm und schnupperte hörbar. »Na ja, wie wäscht man sich denn, wenn man in so einer Hütte im Wald lebt?«

Samir blinzelte. Dachte Cassian, dass er stank? Aber das war doch gar nicht der Grund gewesen. Er roch gut!

»Im Fluss«, erwiderte er nach einem kurzen Zögern. »Manchmal gehe ich in den Fluss.«

»Ich fürchte, dafür ist es jetzt zu kalt.« Cassian blickte sich säuerlich in der Hütte um. »Dann bleibt wohl nur eine Katzenwäsche.«

Samir musste lachen, weil das Wort so lustig klang. Bei ihm wäre es eher eine Hirschwäsche. Der Gedanke machte es noch schlimmer. Giggelnd fiel er nach hinten. Cassian musterte ihn irritiert.

»Was ist so lustig?«

Samirs Bauch schmerzte. »Nichts«, sagte er schnell und beruhigte sich mit Mühe wieder. »Wir könnten etwas

Schnee schmelzen und wärmen. So habe ich es auch mit dem Tee gemacht.«

»Hm, besser als nichts, schätze ich.«

Samir nickte und holte den Eimer aus der Küche. Damit lief er zur Tür und öffnete sie – wobei er schon seine Mühe hatte, weil der Schnee sich dicht ans Haus drückte. Mit beiden Händen lud er frischen, weißen Schnee in den Eimer und kam damit wieder nach drinnen. Nach kurzem Überlegen stelle er ihn vors Feuer. Dann füllte er eine kleine Menge in den Teekessel und erhitzte sie.

Cassian erhob sich und humpelte zum Kamin hinüber, während er gerade dabei war, das aufgekochte Wasser in den Rest des geschmolzenen Schnees zu gießen, um es schneller aufzuwärmen.

Samir hielt prüfend zwei Finger ins Wasser. Es war nicht mehr eisig, aber richtig warm auch nicht. »Ich kann noch weitermachen«, sagte er, als Cassian bei ihm ankam und den Eimer musterte.

»Wird schon gehen«, murmelte Cassian. »Aber hast du auch sowas wie Seife?«

Seife? Da musste er überlegen. Seife. Das war ... ja, er erinnerte sich. Konzentriert sah er sich in der Hütte um, ging zu einem Schrank und öffnete ihn. Tatsächlich fand er darin einen Stoffbeutel, in dem verschiedene Utensilien lagen, die für die Körperpflege taugten.

Mit Seife und Schwamm kehrte er zu Cassian zurück, der gerade seine Kleidung ablegte. Samir sah dabei zu, wie er die Knöpfe löste, als wäre es nichts. Er war so geschickt! Und die Hose. Damit hatte er echt Probleme gehabt. Konzentriert beobachtete er, wie Cassian sie öffnete, hockte sich dabei sogar vor ihm hin, um die Augen auf der richtigen Höhe zu haben.

»Was, äh?« Cassian hielt inne, die Hände noch an dem kleinen Mechanismus, den Samir besonders faszinierend fand.

Fragend blickte er zu ihm auf. »Ich wollte nur sehen, wie das funktioniert. Diese Metallstelle ...« Er runzelte die Stirn.

Cassian tat dasselbe. »Du meinst den Reißverschluss? Man öffnet den kleinen Haken, der ihn festhält und dann zieht man einfach daran.«

Er machte es vor. Der Mechanismus sirrte leise und die Hose wurde so locker, dass sie von Cassians Hüften rutschte.

»Oh«, machte Samir. So leicht war das. Wenn man wusste, wie es ging. Als er Cassian ausgezogen hatte, hatte er nur den erstem Knopf geöffnet und war an dem Haken gescheitert ... kein Wunder, dass das mit dem Reißverschluss dann auch nicht funktioniert hatte. Zum Ausziehen hatte er dann pure Kraft benutzen müssen. Zum Glück war die Hose dabei nicht kaputtgegangen. Er schämte sich dafür, dass er so wenig wusste.

»Würdest du dich jetzt bitte umdrehen?«

Samir schaute verwundert zu ihm hoch. Umdrehen? Warum denn das? Er warf einen Blick über die Schulter. Da war nur die Kommode unter dem Fenster. Draußen gab es gerade auch nichts Spannendes zu sehen, nur noch mehr Schnee. Warum sollte er sich umdrehen?

Fragend wandte er sich wieder Cassian zu. Der schnaufte.

»Ich möchte mich komplett waschen. Ohne Zuschauer.«

»Ich kann dir dabei helfen.« So wie Cassian auf einem Bein balancierte, wäre das doch auch besser, oder? Er kam doch gar nicht überall heran.

»So weit kommt's noch«, brummte der. »Dreh dich einfach weg. Ich kann das allein.«

Samir verstand es immer noch nicht, aber da es seinem Gast so wichtig zu sein schien, drehte er sich um und ließ sich mit dem Rücken zu Cassian auf dem Fellteppich nieder.

Stoff raschelte. Wasser tröpfelte. Samirs Fantasie reichte ihm, um sich auszumalen, wie Cassian gerade den Schwamm ins Wasser getaucht und ausgedrückt hatte.

Er konnte sich auch vorstellen, wie er ihn jetzt über seinen Körper wandern ließ, um sich zu säubern. Die Brust, die Arme, den Bauch. Immer wieder das Tröpfeln und das Geräusch des Auswringens. Dazwischen Cassians Atemzüge, weil das Wasser anscheinend doch etwas kalt war.

Die Bilder in Samirs Kopf liefen weiter. Er befeuchtete seine Lippen mit der Zunge. Ihm wurde warm. Nicht nur im Rücken und an der rechten Seite, weil da das Kaminfeuer war ... nein, irgendwie auch an anderen Stellen.

Er schluckte angestrengt und fuhr sich mit der Hand über die Stirn.

Hinter ihm tröpfelte es immer noch. Seine Ohren spitzten sich ganz von selbst. Der Schwamm glitt über Cassians Haut. Überall.

Samir wusste, wie seine Haut aussah. Sein Körper. Jede Stelle. Wie er sich anfühlte. Er hatte ihn ausgezogen und sich an ihn geschmiegt, damit sie gemeinsam wieder warm wurden. Das war schön gewesen.

Er wollte sich umdrehen und Cassian anfassen. Aber Cassian erlaubte ja nicht mal, dass er ihn ansah. Samir biss sich auf die Lippe und verharrte. Den leisen Geräuschen hinter sich zu lauschen, wurde immer schwieriger, weil es ihn so unruhig machte. Das war seltsam.

»Hast du auch ein Handtuch? Zum Abtrocknen? Ich hätte vielleicht vorher danach fragen sollen.«

Samir stand auf, ohne sich umzudrehen, und ging nochmal zu der Kommode, in der er die Seife gefunden hatte. Aus dem Augenwinkel konnte er Cassians nackte Silhouette sehen. Das Feuer schenkte seiner Haut einen orangenen Schimmer. Die Feuchtigkeit ließ das Licht über seinen Körper tanzen. Wie schön das war.

Samir zwang sich, in den Schrank zu greifen und den kleinen Stapel Handtücher herauszunehmen.

»Hier sind welche«, sagte er und räusperte sich, als er merkte, wie kratzig seine Stimme klang. Er kam mit den Tüchern zu Cassian, der sich sofort zur Seite drehte, als wolle er wirklich unbedingt verhindern, dass er ihn zu genau ansah.

»Warum ... darf ich dich nicht sehen?«, fragte Samir leise und drehte den Kopf weg.

Cassian nahm ihm eins der Handtücher ab und fuhr sich damit über die Haut.

»Weil mir das unangenehm ist.«

»Das verstehe ich nicht. Ich finde es angenehm, dich anzusehen.«

Ein Schnaufen kam zurück.

»Wir sind zwei Männer, mehr oder weniger eingeschneit in einer einsamen Hütte im Wald«, sagte er, als wäre das eine Antwort auf irgendetwas, aber sie verwirrte

Samir nur noch mehr. »Klingt doch wie das perfekte Drehbuch für einen Porno.«

»Porno?« Er wusste auch nicht, was ein Drehbuch war, aber zumindest kannte er da die Hälfte des Wortes.

»Du musst wirklich dein Leben lang alleine im Wald gelebt haben«, sagte Cassian. Er seufzte.

Die meisten fremden Worte, denen er bis jetzt begegnet war, hatten irgendetwas in seiner Erinnerung angestoßen, aber diese zwei Silben taten das nicht. Wahrscheinlich war ihm das Wort auch früher schon fremd gewesen.

»Wenn du dich jetzt auch gleich noch waschen willst, mache ich Platz«, sagte Cassian. Er hatte also nicht vor, ihm zu erklären, was er meinte. Samir nickte enttäuscht und zog sich die Hose aus. Er mochte die, die er heute trug, weil sie weder einen Knopf noch irgendetwas anderes hatte, das sie irgendwie kompliziert machte. Er musste sie einfach nur nach unten ziehen.

Dann noch das Oberteil über den Kopf ...

»Ah ... fuck ...« Neben ihm polterte es laut. Samir riss die Augen auf und war mit zwei großen Schritten bei Cassian, der sich auf dem Boden zusammenkrümmte und sich mit beiden Händen das Knie hielt, während er die Lider fest zusammenpresste.

»Alles in Ordnung?«, fragte Samir und kniete sich neben ihn auf den Boden.

»Bin ausgerutscht. Fuck. Mein Knie.«

»Lass mich mal sehen«, sagte Samir und zog vorsichtig Cassians Hände Weg. Das Knie war rot und die Haut etwas aufgeschrammt, aber es blutete wenigstens nicht.

»Ich komme nie zu der verdammten Lichtung«, murrte Cassian. »Ich sabotiere mich die ganze Zeit selbst. Ich glaube langsam, das Universum will mich davon abhalten, die Lichtung zu finden.«

Samir rieb sanft über die gerötete Haut.

»Du wirst sie finden«, versprach er nahe an Cassians Ohr. »Und wenn ich dich hintragen muss.«

KAPITEL 9 – KRAFT

DU MICH HINTRAGEN?« Cassian lachte heiser. »Das ist ja echt süß von dir, aber ich wage zu bezweifeln, dass das eine realistische Alternative dazu ist, dass ich selbst hinlaufe. Nichts für ungut.«

Vorsichtig versuchte er, sich vom Boden aufzurappeln. Sein Knie pochte heftig von dem Aufprall, aber es ließ sich bewegen. Samir half ihm, auf die Beine zu kommen. Seine Hände lagen an seinen Hüften, auf dem Stoff des Handtuchs, das er sich nach dem Abtrocknen umgebunden hatte. Er blieb dicht bei ihm, als sie gemeinsam zurück zum Bett liefen, und erst, als Cassian sich vorsichtig auf die Matratze setzte, fiel ihm auf, dass Samir nackt war.

Vollkommen nackt.

»Ich kann dich tragen«, sagte er mit ernster Stimme. »Ich habe dich auch hierher in die Hütte getragen.«

Nun, das stimmte. Cassian konnte nicht anders, als zumindest einen flüchtigen Blick auf Samirs Körper zu werfen. Er war schlank und eher sehnig, aber sicher nicht schwach.

»Ich sollte einfach zusehen, dass ich mir nicht mehr wehtue«, brummte Cassian und drehte den Kopf zur Seite. Dass Samir so dicht vor ihm stand und nichts anhatte, war irgendwie seltsam.

Er schien jedoch der einzige zu sein, der sich daran störte.

»Du bleibst einfach hier auf dem Bett und wenn du etwas brauchst, dann hole ich es für dich«, bot er an und lächelte. Befreiten einen Jahre in der Einsamkeit des Waldes von jeglichem Schamgefühl? Samir machte es überhaupt nichts aus, so nackt vor ihm zu stehen.

»Ja, okay. Jetzt gerade brauche ich aber nichts«, sagte er etwas unfreundlich, weil es ihn unruhig machte, dass dieser nackte, hübsche Mann so dicht bei ihm stand.

Vielleicht ging Samir davon aus, dass er hetero war, und machte sich deswegen keinen Kopf? Das wäre immer noch ein bisschen naiv, aber zumindest eine Erklärung. Es gab eben Leute, die kein Problem mit Nacktheit hatten.

»Gut.« Samir nickte und wandte sich endlich ab. Cassian wollte es sich verbieten, ihm hinterherzuschauen, legte sogar die Hände vors Gesicht, um sich davon abzuhalten, aber dann spreizte er doch die Finger und spähte durch die Lücken.

Oh, Mist. Samirs Hintern war der hübscheste Pfirsichpo, den er jemals gesehen hatte. Cassian stöhnte leise über sein eigenes Unvermögen, sich vom Zugucken abzuhalten und ließ sich aufs Bett sinken.

Das Handtuch hatte sich von seiner Hüfte gelöst. Er zog die Decke über sich, das reichte ja als Schutz. Seine Sachen lagen noch drüben bei dem Sessel. Bei Samir. Fuck, jetzt schaute er schon wieder hin.

Cassian verzog das Gesicht und presste die Schenkel zusammen.

Gestern war er fast den Erfrierungstod gestorben und heute war er scharf auf den Typen, der ihn gerettet hatte? Diesen seltsamen Fremden, der manchmal wirkte, als müsse er einfachste Worte erst aussprechen lernen wie ein Kind und der nicht wusste, was Pornos waren?

Samirs Worte gingen ihm durch den Kopf. Er hatte angedeutet, dass er einen Teil seines Gedächtnisses verloren hatte. Also konnte er ihm wohl selbst nicht erzählen, warum er hier im Wald wohnte und warum er so war.

Vielleicht war ihm etwas passiert. Vielleicht hatte ihn jemand angegriffen. Oder er war – wie er selbst – spontan aus der Stadt geflohen und hatte hier eine Zuflucht gefunden, die ihm so gut gefiel, dass er geblieben war. Und dann war er irgendwie ... ausgerutscht und auf den Kopf gefallen oder sowas. Ach, keine Ahnung.

Cassian gab es auf, sich Samirs Hintergrundgeschichte zusammenreimen zu wollen. Fakt war, dass er ohne diesen Mann umgekommen wäre. Wenn nicht im Schnee, dann wahrscheinlich vor Hunger, weil alles, was es hier zu essen gab, aus Beeren, Nüssen und Blättern bestand.

Ob er ihm noch mehr von diesem Mus anrühren konnte?

Cassian rieb sich über den Bauch. Obwohl er es immerhin schaffte, nicht direkt hinzusehen, bemerkte er doch die Bewegungen vor dem Kamin. Wann war er zu so einem Spanner geworden? Er wollte wirklich gerne hinsehen. Wie heuchlerisch das war, nachdem er bei Samir darauf bestanden hatte, dass er sich abwandte.

Seine Hand wanderte tiefer, berührte seinen Schwanz. Dann ballte Cassian die Hand zur Faust und zog sie wieder weg. So weit kam es noch. Er atmete tief durch.

Vielleicht war es einfach zu lange her, dass er Sex mit jemandem gehabt hatte. In den letzten Monaten war er so niedergeschlagen gewesen, dass er gar keine Lust dazu gehabt hatte und daneben war er auch vollkommen unausstehlich gewesen, das wusste er selbst, auch wenn er es ungern zugab.

Die Trauer um seine verlorene Stimme und die Frustration darüber, dass das Schicksal sie ihm einfach wegnehmen konnte und wie hilflos er dabei zurückblieb, hatten ihn vollkommen eingenommen und von sich selbst entfremdet.

Es stimmte wohl: Manchmal musste man erst in die Einsamkeit der Natur gehen, in eine Hütte im Wald, um wieder zu sich selbst zu finden. Cassian schnaufte. Wahrscheinlich hatten die Philosophen und Lebenscoaches etwas anderes vor Augen gehabt als das, was er hier gerade erlebte, aber egal.

Widerwillig drehte er sich zur Wand. So konnte er auch ganz sicher nichts mehr von Samirs hübschem, nacktem Körper sehen.

»Bist du müde?«

»Ich werde ein Nickerchen machen.«

»Okay, ich bin leise.«

Nein, er war überhaupt nicht müde, aber er wusste gerade nicht, wie er sich sonst sammeln sollte. Ein bisschen zu schlafen war sicher nicht verkehrt. Er schloss die Augen. Die leisen Geräusche des Wassers und das Rascheln des Handtuchs malten trotzdem Bilder in seinen

Geist. Eine Weile hörte er noch, wie Samir sich wohl wieder anzog und dann war Ruhe.

Wahrscheinlich hatte er sich in den Sessel gesetzt und beschäftigte sich leise mit irgendetwas. Cassian döste tatsächlich ein. Die Wärme und die Bequemlichkeit des Bettes halfen dabei.

Als er wieder aufwachte, war die Schneeschicht am Fenster geschmolzen und das Licht draußen deutlich schwächer. Er musste den ganzen Nachmittag verpennt haben. Cassian hob den Kopf und spähte müde hinaus. Es schneite nicht mehr. Wenn jetzt noch sein Knöchel heilte, konnten sie vielleicht morgen endlich die Lichtung suchen.

Er gähnte und fuhr sich übers Gesicht. Dann drehte er sich um.

Samir war nicht da. Nicht im Sessel und auch sonst nirgendwo in der Hütte.

War er rausgegangen? Anders konnte es wohl nicht sein.

Nun, das war seine Chance, an die Klamotten zu kommen und sich anzuziehen, ohne wieder in eine komische Lage zu geraten.

Cassian schob die Beine aus dem Bett, stellte die Füße auf den Boden. Kurz betrachtete er sein Knie, auf dem jetzt ein hübscher, bläulicher Bluterguss prangte, ansonsten war es aber heil.

Testweise bewegte er den Fuß. Der Schmerz war nicht mehr so heftig, dass es ihm die Luft abschnitt, aber immer noch stark genug, dass er es sich nicht zutraute, den Knöchel ganz normal zu belasten.

Vorsichtig stemmte er sich auf die Beine und besah sich den Boden vor sich ganz genau. Nicht, dass er wieder ausrutschte, weil irgendwo Wasser verkleckert worden war.

Ganz langsam humpelte er durch den Raum. Es waren ja nur ein paar Schritte bis zur Sessellehne. Er schaffte es ohne einen weiteren Sturz. Erleichtert stieß er den Atem aus und bückte sich nach seinen Sachen. Sie lagen auf dem Fellteppich.

Hinter ihm knarrte die Tür. Cassian zuckte vor Schreck und wäre beinahe schon wieder gefallen, doch seine Hand krampfte sich so fest in die Armlehne des Sessels, dass er sich gerade so davon abhalten konnte.

KAPITEL 10 – HOLZ

ALS ER DIE Hütte betrat, fiel sein Blick direkt auf Cassians Hintern, der vor dem Kamin emporragte. Samir beeilte sich, durch die Tür zu treten, damit er sie wieder schließen konnte. Nicht, dass Cassian fror.

»Ich habe uns noch einige Nüsse und Beeren gesammelt und etwas mitgebracht, an das ich mich erinnert habe«, verkündete er fröhlich und legte die Sachen neben sich auf dem Schrank ab. Dann streifte er sich den schweren Mantel von den Schultern.

Kurz musste er an sein Fell denken. Die Erinnerung daran, dass er mal eines gehabt hatte, verblasste langsam. Dabei war das doch noch gar nicht lange her, oder?

Gut gelaunt ging er zu Cassian hinüber. »Soll ich dir helfen? Nicht, dass du wieder ...«

»Nein!«, erwiderte sein Gast so vehement, dass Samir einen halben Schritt rückwärts machte und die Hände hob.

»Gut, dann ... mache ich uns etwas zu Essen. Es wird schon Abend. Wir sollten nicht hungrig schlafen.«

Er nahm den Beutel mit den Leckereien, die er gesammelt hatte, und ging damit hinüber zur Kochnische. Ohne noch einen Blick zu Cassian zu werfen, reinigte er die Beeren und mischte erneut das Mus an, dass er ihm auch heute Morgen serviert hatte.

Für sich selbst zerhackte er einige getrocknete Wurzeln, die aus dem Vorratsschrank stammten, und träufelte etwas Beerensaft darüber. Als er fertig war, wandte er den Kopf und erkannte, dass Cassian inzwischen wieder angekleidet war.

Er saß im Sessel am Feuer und hielt einen kleinen Gegenstand in der Hand.

Samir kam mit den beiden Schüsseln in der Hand näher, reichte Cassian die mit dem Mus und ließ sich dann im Schneidersitz auf dem Boden neben ihm nieder.

Das Feuer war ganz schön weit runtergebrannt. Er würde gleich nach dem Essen nachlegen müssen.

»Mein Knöchel wird langsam besser«, sagte Cassian.

»So schnell? Das freut mich.«

»Vielleicht kann ich morgen schon gehen. Oder ... hast du vielleicht irgendwas, was ich als Krücke benutzen könnte?«

»Krücke ...«

»Eine Gehhilfe. Ein langer Stock oder Stab, auf den ich mich statt des Beines stützen kann.«

»Nein«, sagte Samir, aber da fiel ihm etwas ein. »Wir könnten so etwas herstellen. Ich habe draußen neben dem Haus, wo der Holzvorrat liegt, etwas entdeckt.«

»Was denn?«

Samir stellte die Schüssel beiseite und sprang freudig auf. Er holte das Messer und die kleine Figur, die er stellvertretend für die anderen mitgenommen hatte und präsentierte beides Cassian.

»Das ist ein Wolf«, sagte er. »Hast du das geschnitzt?«

Das hatte er sich auch gefragt. »Ich nehme es an. Das Messer passt perfekt in meine Hand und fühlt sich vertraut an. Und, na ja, wenn das meine Hütte ist, dann sind es vermutlich auch meine Schnitzereien. Sie standen draußen auf einem Regalbrett, das hinter dem Holzstapel am Haus angebracht war.«

»Der ist echt schön. So detailliert.« Cassian drehte und wendete die Figur in seinen Händen und sah richtig beeindruckt aus. Samirs Herz machte einen kleinen Sprung. »Du bist ein Künstler.«

Samir lächelte glücklich und nahm den Wolf wieder entgegen. Er stellte ihn auf den Sims des Kamins und wandte sich dann wieder seinem Gast zu.

»Wollen wir das vielleicht zusammen versuchen?«

»Was?«

»Zu schnitzen.«

Cassian sah ihn verwundert an.

»Als Abendbeschäftigung. Das Lesen belastet deine Stimme so ... aber ich würde gerne etwas gemeinsam machen.«

»Ich glaube nicht, dass ich gut darin bin.«

»Würdest du es versuchen?«

Sein bettelnder Blick wirkte. Cassian zuckte mit den Schultern. »Gut, meinetwegen. Wenn es Mist wird, können wir es immer noch verfeuern.«

Freudig wandte Samir sich dem Feuer zu. »Genau. Verfeuern.« Er warf einige Scheite in die Flamme und lüftete die Glut ein wenig.

Dann wählte er zwei Holzstücke von dem Stapel aus und gab eines davon Cassian, bevor er zur Kochnische lief und aus einer Schublade noch ein scharfes Messer holte.

»Das sollte gehen.«

Cassian nahm es ihm ab und betrachtete den Holzklotz in seiner linken Hand prüfend. »Und was schnitzen wir?«

»Wie wäre es, wenn wir uns etwas ausdenken und den anderen dann am fertigen Stück raten lassen, was es sein soll?«

Ein heiseres Lachen kam ihm entgegen. »Perfekt. Wenn du meine Katze dann als Schwein indentifizierst, muss ich mir nicht mal die Blöße geben, das klarzustellen. Dann ist es einfach ein Schwein.«

Samir betrachtete den anderen Mann fasziniert. Er hatte bisher so wenig gelacht. Und auch wenn es irgendwie schmerzhaft klang, war es doch schön, wenn er so entspannt wirkte.

»Okay«, sagte er und nahm sein Messer zur Hand. Er wusste schon, was er schnitzen wollte. Auf jeden Fall einen Hirsch. Nicht gerade das einfachste Tier, das man sich aussuchen konnte, aber seine Entscheidung war gefallen.

Samir begann damit, das Holzstück zu drehen und von allen Seiten zu mustern. Dabei stellte er sich vor, welche Pose der Hirsch einnehmen sollte und ritzte vorsichtig ein paar kleine Linien ein, die ihm als Orientierung dienen sollten. Zuerst würde er ganz grob den Umriss von Körper und Geweih aus dem Holz schneiden. Danach kamen die Details.

Das Geräusch der Klinge, die übers Holz schabte, kam ihm vertraut vor. Noch mehr als das Rascheln der Buchseiten. Auch das raue Gefühl der Fasern und der Geruch des Materials schmiegten sich förmlich in seine Seele. Was er hier gerade tat, hatte er einmal sehr gern gemacht.

Immer geschickter führte er das Messer, immer leichter fiel es ihm, dem Holz die Form zu geben, die ihm vorschwebte. In kürzester Zeit hatte er den Rücken und die Beine ausgearbeitet und kümmerte sich nun um Hals und Kopf. Noch war alles ein wenig kantig, aber der Hirsch nahm Form an.

An das Geweih traute er sich noch nicht heran, deswegen kehrte er nach dem Kopf direkt zu den Beinen zurück und schnitzte die ersten Details hinein, deutete das Fell an, hob die Gelenke mehr hervor.

Mit Hals und Kopf verfuhr er genauso und bald konnte man Nasenlöcher und Augen erkennen und auch die kleinen Ohren. Während er so vor sich hin arbeitete, summte er leise eine Melodie und versank vollkommen in seinem Tun. Immer wieder wendete er die Figur, suchte nach Stellen, die er verbessern wollte.

Erst, als er nichts mehr fand, setzte er das Messer wieder an den Bereich an, aus dem er das Geweih schnitzen wollte. Am liebsten wollte er ihm eine ausladende Krone verpassen. So ein richtig majestätisches Geweih, das ihn als König des Waldes auszeichnete.

Konzentriert trug er ab, was nicht dazugehörte. Puh, das war schwerer, als er gedacht hatte. Die ganzen Verzweigungen. Manchmal wusste er gar nicht, von welcher Seite er die Klinge ansetzen sollte.

Er merkte gar nicht, dass Cassian längst aufgehört hatte, zu schnitzen. Dass die Geräusche im Hintergrund fehlten, war ihm nicht aufgefallen. So sehr nahm ihn die Arbeit an seiner Hirschfigur gefangen.

Es war aber auch knifflig! An dieser Stelle musste er ganz vorsichtig sein, damit sich das Messer nicht im Geweih verkeilte, sonst ...

»Oh nein!«, entfuhr es ihm. Das Messer war abgerutscht. Ein spitzer Schmerz durchzuckte seine Hand und er ließ alles fallen.

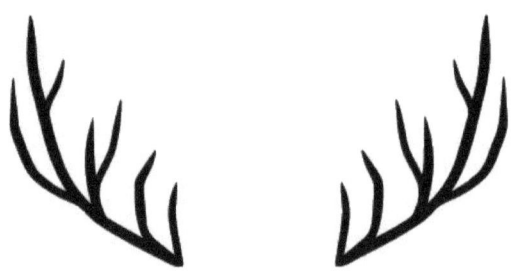

KAPITEL 11 – VERLETZUNGEN

CASSIAN FING DEN Hirsch auf. Erschrocken schloss er die Finger darum und hielt ihn fest. Samir war das Messer entglitten und aus der Hand gerutscht – zusammen mit seinem wunderschönen Werk. Jetzt lief Blut über seine Haut. Eilig legte Cassian den Hirsch auf der anderen Seite des Sessels auf dem Boden ab und beugte sich zu ihm hinüber.

Der junge Mann sah richtig erschrocken aus. Er starrte seine Hand entgeistert an, sah dem Blut beim Laufen zu und war ganz blass. Cassian griff nach seinem Handgelenk und nahm das Handtuch, das noch vor dem Sessel lag.

»Das tut weh«, jammerte Samir. »Ich bin abgerutscht.«

»Du hast dich geschnitten«, sagte Cassian. »Zeig mal.« Er tupfte die blutende Stelle vorsichtig ab, um einschätzen zu können, wie schlimm die Verletzung war. Der Schnitt ging ungefähr senkrecht über den linken Daumenballen. Das Blut war breit verschmiert, was es ziemlich heftig aussehen ließ, aber der Schnitt schien nicht sehr tief zu sein.

»Das wird wieder«, sagte er und tauchte einen Zipfel des Handtuches in den Rest Wasser, der noch im Eimer war. Dann wischte er damit vorsichtig das verschmierte Blut ab und zeigte Samir die Verletzung.

»Hast du Pflaster? Erste-Hilfe-Zeug?«

Als er wieder in Samirs Gesicht sah, glitzerten Tränen in seinen Augenwinkeln. Cassian spürte, wie seine eigenen Züge weicher wurden.

»Brennt bestimmt ganz schön«, meinte er. »Aber wir sollten das trotzdem desinfizieren.«

»I-ich glaube da drüben«, gab Samir mit zittriger Stimme von sich, und deutete mit der anderen Hand auf die Kommode unter dem Fenster. Cassian erhob sich vorsichtig und humpelte die zwei Schritte hinüber. Tatsächlich fand er in der großen Schublade einen Verbandskasten und eine separate Rolle mit Pflaster, sowie andere kleine Hilfsmittel wie Tücher und eine Wundsalbe.

Er nahm, was ihm für diesen Fall hilfreich vorkam und machte sich dann daran, Samirs Hand zu verarzten. Der Arme war ja vollkommen hilflos vor Schreck und jetzt sogar ein bisschen grün um die Nase.

»Kann es sein, dass du kein Blut sehen kannst?«, fragte er und besah sich die Flasche mit dem Desinfektionsmittel. Dann öffnete er sie und träufelte etwas davon auf eins der frischen Tücher. »Das wird jetzt brennen. Bitte halt still, okay?« Er sah Samir in die Augen.

Der erwiderte seinen Blick immer noch ängstlich und unsicher, aber er nickte.

Cassian hielt seine Hand sanft fest und tupfte mit der anderen auf den Schnitt. Wie erwartet zuckte Samir und zog scharf die Luft ein. »Das tut weh.«

»Geht leider nicht anders«, sagte Cassian und beeilte sich, die ganze Wunde zu desinfizieren, damit Samir es schnell hinter sich hatte. Das Tuch tränkte sich mit Blut. Er legte es weg und nahm eine sterile Kompresse, um die Wunde zu verbinden. Vielleicht hätte auch eins der großen Pflaster gereicht, aber er wollte lieber auf Nummer Sicher gehen.

Sorgsam wickelte er den Verband um Samirs Handballen. Ganz langsam beruhigte er sich, hörte auf zu wimmern und auch das Zittern ließ deutlich nach. Cassian hatte sich so auf das Verarzten der Wunde konzentriert, dass er aufgehört hatte, ihn anzusehen, aber jetzt tat er es wieder und ein Lächeln huschte über sein Gesicht.

»Das wäre erledigt«, meinte er und befestigte das Ende des Verbandes.

Samir lächelte ihn dankbar an und ihre Blicke hielten sich lange aneinander fest. So lange, dass Cassian jede Menge Zeit blieb, um all die kleinen Details zu bemerken: Samirs hübsche Augen, deren Braun gar nicht so braun war, sondern einen sanften goldenen Ton hatte, der vom Schein des Feuers noch unterstrichen wurde, die winzig kleinen, beinahe unsichtbaren Sommersprossen, die sich quer über seinen Nasenrücken verteilten, und seine Lippen, die gar nicht mehr so weit weg von seinen waren.

Fast wollte er die Hand ausstrecken und sie an Samirs Gesicht legen, seine Wange streicheln und mit dem Daumen an seinem Kinn entlangfahren, kitzelnd seine Unterlippe berühren, bevor er sich vorlehnte und ihn küsste. Aber das passierte nur in seiner Fantasie.

In der Realität wandte er den Blick noch rechtzeitig ab und schaute hinunter auf das Blut, das auf den Boden getropft war.

»Also ... du kannst das wirklich gut. Bis auf den kleinen Ausrutscher.« Er beugte sich über die andere Seite des Sessels und hob den Hirsch wieder auf. Der Körper war bereits detailliert ausgearbeitet, mit Schnauze und Fell und dem kleinen Schwänzchen. Das Geweih hatte Samir sich bis zuletzt aufgehoben und dafür hatte er noch viel Material übriggelassen.

»Ich habe reingeschnitten.« Samir wirkte bedrückt. Cassian runzelte die Stirn. Ja, da war ein Schnitt, der eines der Hörner deutlich kürzte. Hier klebte auch Blut am Holz.

»Da bist du abgerutscht.«

»Ich wollte ihm ein großes Geweih geben.«

Cassian nickte. »Das geht doch immer noch, oder? Du könntest es kleben. Oder ihm andere Verzweigungen geben.«

In Samirs Gesicht las er, dass das für ihn keine Option war. Er wirkte enttäuscht. »Er bekommt ein kleineres. Ich habe mich vielleicht auch etwas übernommen.« Er betrachtete seine verbundene Hand.

»Größe ist ja nicht alles, oder?«, sagte Cassian und zwinkerte ihm zu. Oh Mann, er hatte lange niemandem mehr zugezwinkert. »Ich finde diesen Hirsch absolut perfekt. Du bist wirklich ein Künstler. Er ist beeindruckend schön.«

»Wirklich?« Samirs Augen leuchteten. »Ich werde ihn fertig schnitzen, wenn meine Hand verheilt ist, okay?«

Cassian nickte und bedauerte gleichzeitig, dass er das Endergebnis wohl nicht sehen würde. Wenn sie morgen auf die Suche nach der Lichtung gingen und er dann nach Hause zurückkehrte, ...

»Was ist eigentlich aus deiner Schnitzerei geworden?«

»Ach die«, erwiderte Cassian und lachte abfällig. »Die ist nicht der Rede wert.«

»Zeig sie mir.«

»Sie ist wirklich lächerlich im Vergleich zu deiner.«

»Ich möchte sie sehen.«

Samir schaute sich um, ließ den Blick über ihn wandern, über den Sessel, den Fußboden rundherum, während Cassian mühsam ein Grinsen unterdrückte. Er hatte seine misslungene Figur in eine Ritze des Sesselpolsters geschoben.

»Vielleicht habe ich sie schon verfeuert. Du warst so konzentriert auf deinen Hirsch, dass du es nicht mal bemerkt hast.«

»Das Spiel ging aber anders«, stellte Samir empört fest. Das machte ihn noch süßer. »Zeig sie mir! Ich muss raten, was es ist. Du hast sie doch noch irgendwo.«

Damit fiel Samir regelrecht über ihn her. Er schob ein Knie auf die Armlehne des Sessels und beugte sich lachend über ihn. Cassian traute sich gar nicht, sich richtig zu wehren, weil er die frisch verarztete Hand nicht aus Versehen falsch anfassen wollte. So griff er Samir bei den Hüften und versuchte, ihn von sich wegzuschieben. Aber der Kerl war ziemlich hartnäckig.

»Wo ist sie?«, fragte er und sein Gelächter wurde noch lauter, als Cassian zu einer Kitzelattacke ansetzte. Er selbst musste auch lachen und im Moment war es ihm ganz egal, wie das mit seiner Stimme klang.

KAPITEL 12 – ÜBERMUT

CASSIANS FINGER WAREN erbarmungslos. Samir lachte Tränen, war aber nicht bereit, seine Suche nach der Schnitzerei aufzugeben. Er rutschte ganz auf seinen Schoß und tastete an ihm herum. Vielleicht hatte er sie unter seiner Kleidung verborgen. Oder hinter sich.

Er schob die gesunde Hand hinter Cassians Rücken und suchte nach der Figur. Die ganze Zeit japste er lachend nach Luft und auch Cassian lachte. Heiser und ein bisschen rasselnd, aber es kam aus tiefstem Herzen – genau das machte es schön.

Mist, er fand die Figur einfach nicht. Cassian hatte sie doch nicht wirklich verbrannt, oder? Hatte er das wirklich nicht mitbekommen?

»Sitzt du etwa drauf?«, fragte er atemlos und ließ die Hand, mit der er eben noch hinter Cassian gesucht hatte, unter seinen Po gleiten. Die Finger hörten auf, ihn zu kitzeln. Hieß das, dass er auf der richtigen Spur war?

Samir lächelte triumphal, aber in Cassians Blick lag etwas ganz anderes. Etwas, das ihn zögern ließ. Ihn festhielt. Schwer atmend vom vielen Lachen blickte er auf

Cassian hinab, sah sein Gesicht und entdeckte die sanfte Röte, die sich auf seine Wangen gelegt hatte, bemerkte, wie sich sein Kehlkopf kaum merklich auf und ab bewegte und dann, wie dicht ihre Körper beieinander waren.

Auf einmal dachte er nicht mehr an die Figur.

Er dachte an Cassian und daran, wie warm ihm wurde. Wie schön es sich anfühlte, so nah bei ihm zu sein. Wieder seinen Körper zu spüren, an den er sich in der ersten Nacht so selbstverständlich herangekuschelt hatte.

Jetzt saß er auf ihm, drückte sich sogar leicht an ihn, weil seine Hand zwischen Cassians Po und der Sitzfläche eingeklemmt war. Er zog sie heraus, legte sie an Cassians Schulter.

Was war das in seinen Augen? Diese Unsicherheit. Cassian öffnete den Mund und schloss ihn wieder, leckte sich nur über die Lippen, statt etwas zu sagen.

»Ich wäre echt traurig, wenn du sie wirklich verbrannt hast«, sagte Samir. Er wusste nicht, warum er so leise sprach.

Cassians Mundwinkel zuckte. Er schob die Hand in die Ritze zwischen Polster und Armlehne und zog etwas Geschnitztes hervor. Lächelnd nahm Samir es in beide Hände. Die Finger der verbundenen Hand konnte er ja immer noch gut benutzen.

Die Figur war etwas grober als seine. Na gut, viel grober. Deswegen hatte es ihr auch nichts ausgemacht, irgendwo eingeklemmt zu werden. Aber es ließ sich erkennen, dass es ein Körper mit vier Beinen war. An dem Kopf saßen zwei dreieckige Ohren. Alles war etwas kantig und abstrakt, das Tier hatte einen annähernd kegelförmigen Schweif. Samir hielt es zwischen ihre beiden Gesichter und verkündete: »Das ist ein Fuchs. Hab ich Recht?«

»Ja.«

Samir jubelte und verlieh seiner Freude Ausdruck, indem er ein bisschen auf Cassians Schoß herumhüpfte und sein Becken tanzen ließ.

»Siehst du, wir haben es beide gut gemacht. Beide Figuren wurden erkannt. Und so schlecht ist das doch gar nicht.« Er drehte den Fuchs in der Hand und lachte wieder.

Warum war Cassian so angespannt? Fand er seine Leistung wirklich so schlecht? Es gab keinen Grund, sich deswegen zu schämen.

»Samir.« Cassian seufzte und seine Finger griffen fester zu, gruben sich in seine Hüften.

»Was hast du?«, fragte Samir besorgt. Cassian war so komisch.

»Nichts Schlimmes, nur ...«

»Bin ich zu schwer?« Er wollte runtergehen, obwohl er gerne so nah bei Cassian war, aber er wurde festgehalten. Anscheinend war es das doch nicht.

»Nein, du bist ...« Wieder dieses Zögern. »Ich ...«

Fragend schaute er ihn an. Wollte verstehen, was los war. Samir schob die Figur wieder in die Spalte und legte beide Hände auf Cassians Schulter. Dann sah er ihm in die Augen, wollte wirklich in ihnen lesen.

»Was hast du?«

Er sah, wie Cassians Augen ihn musterten und sein Blick dann langsam tiefer glitt. Zu seinem Mund. Er spürte, wie er sich vorlehnte. Ihre Körper stießen sachte aneinander, als Cassian sich zu ihm hoch reckte. Ein ungewohntes Gefühl durchflutete ihn. Es kam von da, wo sie sich berührten, kitzelte in seinem Schoß.

Dann war Cassians Mund direkt vor seinem. Wieder dieses Zögern. Cassians Hände streichelten über seine

Seiten. Samir seufzte angetan. Das war schön. Vielleicht wäre es noch schöner, wenn er ...

Woher diese Idee kam, wusste Samir nicht, aber sie erschien ihm in diesem Moment so klar und logisch, dass er ihr einfach folgte. Seine Lippen legten sich auf die von Cassian. Noch eine Berührung mehr. Die schönste bis jetzt.

Cassians Lippen waren weich und warm und sanft. Samir schloss die Augen, weil er es noch mehr fühlen wollte. Das war so schön. Seine Hände wanderten von Cassians Schultern zu seinem Gesicht. Berührten es so vorsichtig wie seine Lippen.

Warmer Atem floss über seine Oberlippe. Cassians warmer Atem.

Er kam ihm noch weiter entgegen, drückte sich fester an ihn. So fest, dass es fast zu doll war. Samir neigte den Kopf. Kurz trennten sie sich, nur um gleich wieder weiterzumachen. Dieses Mal öffneten sich Cassians Lippen und Samir machte mit. Es war wie vorhin, als Cassian ihn gekitzelt hatte, nur viel schöner und intensiver und irgendwie ... in ihm drin, statt nur außen auf der Haut.

Seine Daumen strichen über Cassians warmes Gesicht, dann glitten seine Hände nach hinten in sein Haar, während er sich immer tiefer in das Gefühl dieser wunderbaren Nähe sinken ließ. Am liebsten wäre er in Cassian hineingekrochen, aber das ging natürlich nicht.

Ihre Münder machten leise, schmatzende Geräusche, die ihm ein kleines Lachen abrangen, doch auch dabei entfernte er sich nie mehr als ein winziges Stückchen von Cassians Lippen.

Samir liebte die Beeren und Nüsse und Blätter und seinen Tee und überhaupt alles, was der Wald zu bieten hatte, aber das hier ... das war noch schöner. Sein ganzer Körper reagierte darauf. Irgendwann spürte er Cassians Zunge, die sich in seinen Mund schob und dort Dinge mit ihm anstellte, die ihn wieder tanzen ließen. Seine Hüften wollten sich einfach bewegen und sie taten es, schmiegten sich dabei immer wieder warm und wohlig gegen Cassians Schoß.

Wer hätte gedacht, dass ausgerechnet Zungen sich so gut anfühlten? Samir konnte nicht aufhören, zu schmunzeln. Es war seltsam und neu, aber es gefiel ihm so gut, dass er mitmachte.

Inzwischen hatte Cassian die Arme ganz um ihn geschlungen. Auch er bewegte sich, tanzte mit ihm, ohne dass es eine Musik dazu gab. Sein Becken kam ihm entgegen, seine Hände streichelten seinen Rücken. Irgendwann waren es so viele Berührungen und Eindrücke, dass sich alles vermischte und dieses warme, kitzelnde Gefühl einfach überall war.

Samir seufzte schwer, obwohl das hier überhaupt nicht anstrengend war, sondern nur wunderschön. Er hätte stundenlang so weitermachen können.

Auch Cassian klang, als würde es ihn auf irgendeine Weise anstrengen. Deswegen wunderte Samir sich auch nicht, als er ihre Küsse unterbrach. Dann aber merkte er, dass es keine Pause war, die er einlegte. Cassians Lippen schmiegten sich an seinen Hals, neckten ihn dort, genau wie seine Zunge.

»Ah, was ... hmmm.« Er wusste gar nicht, wie er ausdrücken sollte, was diese kleinen Berührungen mit ihm machten. Aber Cassian schien es zu wissen. Seine Zungenspitze tanzte über seine Haut, als wolle sie ihn absichtlich um den Verstand bringen. Warum kitzelte das so? Wer war denn am Hals kitzelig?

Wieder musste Samir seufzen, aber es klang irgendwie anders. Sehnsüchtig. Durstig. Als bekäme er zu wenig, obwohl es doch eigentlich zu viel war.

»Mir ist so heiß.«

»Zieh dein Shirt aus.«

Das Kleidungsstück landete irgendwo neben dem Sessel. Sofort eroberten Cassians Lippen auch seine Schultern und seine Brust. Die feuchte Spur, die er leckend und küssend über seine Haut zog, spürte Samir immer dann ganz deutlich, wenn sein Atem darüber strich. Und Cassian atmete schwer.

»Dir ist doch auch heiß, oder?«

Samir wünschte sich, geschickter mit diesen Knöpfen zu sein, aber irgendwie gelang es ihm trotz seiner Aufregung, Cassians Hemd ein Stück zu öffnen. So weit, dass sie es mit vereinter Kraft über seinen Kopf ziehen konnten.

Derselbe Hunger, den er in sich spürte, stand auch in Cassians Augen. Das alles hier war unfassbar gut. Das Kitzeln und die Wärme auf der Haut und in ihm drin ... aber es fühlte sich an, als wäre das nie genug, egal, wie lange sie weitermachten. Der Gedanke frustrierte ihn.

Vielleicht dachte Cassian gerade dasselbe, denn er sah ihn nur an. Biss sich auf die Unterlippe.

»Machen wir nicht weiter?«, fragte Samir betrübt. Es war gerade so ... er dachte, er könnte ... Er war sich selbst nicht sicher, was er gedacht hatte.

KAPITEL 13 – NÄHE

ES KOSTETE SO viel Beherrschung. Wenn er Samir so anschaute ... ihn auf seinem Schoß sitzen hatte, spürte, wie er sich an ihm rieb und hörte, wie er immer schwerer atmete ... Das fühlte sich perfekt an. Samir roch so gut, schmeckte so gut. Er wollte ihn noch viel mehr spüren. Viel tiefer.

Aber er war sich nicht sicher, ob er das durfte. Selbst jetzt wirkte Samir so naiv und unerfahren. Er hatte zwar mitgemacht, ihn geküsst und gestreichelt, sich in diesem verführerischen Rhythmus mit ihm bewegt – aber wusste er denn auch, was er hier tat? Was es bedeutete?

»Ich weiß nicht, ob wir das dürfen«, sagte Cassian und betrachtete Samirs rosige Brustwarzen, die feucht schimmerten und sich längst unter seinen Liebkosungen verhärtet hatten.

»Wieso sollten wir das nicht dürfen?« Samir lachte und klang richtig überrascht. Er sah sich um. Blickte zum Fenster. »Hier ist niemand, der uns was verbieten könnte. Und warum überhaupt?«

Cassian biss sich auf die Unterlippe. Samir war eindeutig ein erwachsener Mann. Und er schien es zu genießen, zu wollen, was sie hier taten.

»Hast du schon mal mit jemandem geschlafen?«, fragte er und seine Stimme kam ihm fast noch heiserer vor als sonst.

Samir runzelte kurz die Stirn. »Nachdem ich dich gerettet habe, habe ich mit dir am Feuer geschlafen.«

Ach ja? Davon hatte er gar nichts mitbekommen. »Du hast bei mir am Feuer geschlafen?«

»Ja, damit wir uns gegenseitig wärmen können.«

»Verstehe. Aber das ist nicht das, was ich meinte.«

»Du verwirrst mich.«

Oh, du mich auch, dachte Cassian bei sich und konnte ein Schmunzeln nicht unterdrücken. »Ich rede von Sex.« Es brachte ja nichts, noch länger um das Thema herumzutanzen.

»Ich ...« Samirs Brauen zogen sich zusammen, als müsse er sehr konzentriert darüber nachdenken. »Ich habe schon mal davon gehört.«

Nun musste Cassian doch lachen, obwohl er es nicht wollte. Dieser Mann war einfach zu süß. Das hätte eigentlich verboten sein müssen.

»Wenn wir weitermachen, ist es das, was passieren wird.«

»Und das dürfen wir nicht? Weil ich das noch nie gemacht habe? Hast du es schon mal gemacht?«

Cassian neigte den Kopf. »Schon oft.«

»Dann bist du also im Sex so gut wie ich im Schnitzen.« Jetzt trat ein Funkeln in Samirs Augen, das beinahe wie eine Herausforderung wirkte.

»Das ist ein etwas seltsamer Vergleich, aber ... vorhin hast du dich geschnitten und wenn wir Sex haben, könnte das auch wehtun. Deswegen ... bin ich mir nicht sicher, ob du das wirklich machen willst.«

Jetzt trat doch ein kleiner Schock in Samirs Ausdruck. »Wird es bluten?«

Cassian schüttelte den Kopf. »Nein. Es ... normalerweise nicht.« Er hatte noch nie ein Gespräch wie dieses geführt. Sein Herz schlug ihm bis zum Hals. Verdammt, er wollte Samir wirklich gern spüren, aber er wollte ihn auch nicht überreden. »Wenn man vorsichtig ist, nicht. Aber das Erste Mal ist manchmal schwierig.«

»Oh«, machte Samir und die Angst wich ganz aus seinen Zügen. »Ich vertraue dir. Du hast dich vorhin so gut um mich gekümmert.« Er betrachtete kurz seine verbundene Hand. »Es tut auch schon nicht mehr weh.« Samir lehnte sich gefährlich nahe zu ihm vor. »Und was wir gerade gemacht haben war so gut ... ich will mehr davon. Bitte.«

Wie um alles in der Welt, sollte er ihm widerstehen?

Samir küsste ihn erneut. Seine Lippen waren jetzt kühl, aber nicht weniger weich und süß als vorhin. Dieses Mal begegnete er ihm fordernder und Cassian stieg darauf ein, küsste ihn so, wie er ihn küssen wollte – ohne Zurückhaltung.

Seine Zunge drang in Samirs Mund und seine Hände glitten über die weiche, nackte Haut. Er rieb Samirs Brustwarzen und ließ seine Finger dann nach unten wandern, fühlte die Spannung in Samirs Bauchmuskeln und das Glühen seiner Haut.

Schnell waren sie wieder da, wo sie aufgehört hatten. Samirs Becken schmiegte sich immer wieder gegen seinen Schoß, rieb über seinen Schwanz, dass er vor Verlangen fast verrückt wurde.

In seiner Fantasie hatte er Samir schon längst die Hose ausgezogen, damit aus den Trockenübungen ein echter Ritt wurde.

Cassian schob die Hand zwischen sie. Samirs Schwanz drückte sich genauso hart gegen den Stoff. Durch die Jogginghose konnte er ihn ganz genau fühlen. Es bestand kein Zweifel daran, dass ihn das hier anmachte.

Samir stöhnte und bewegte sich weiter. Natürlich wollte er sofort mehr davon, aber Cassian zog seine Hand schnell wieder weg.

»Warum hörst du auf?«, keuchte er. »Das war gerade ...«

»Ich weiß. Ich dachte, du vertraust mir?«

»Das tu ich. Ich will nur ...« Samir atmete schwer. Er schien das richtige Wort nicht zu kennen. Cassian grinste und küsste nochmal seine Brustwarzen. Erst die eine, dann die andere, ließ seine Zunge kreisen. Samirs Stöhnen war zu heiß, als dass er nicht jedes bisschen davon aus ihm herausholen wollte.

»Du willst kommen. Aber jetzt wäre es noch zu früh dafür. Wir fangen gerade erst an.«

Er konnte in seinem Gesicht ablesen, dass die Worte Samir verwirrten. Doch er widersprach nicht und stellte auch keine Fragen. »Okay. Soll ich ... dich auch anfassen?«

»Überall, wo es dir gefällt.« Es störte ihn nicht, dass Samir eher zurückhaltend war. Wenn das hier sein erstes Mal war, war ja vollkommen klar, dass es ihn überforderte. Aber Cassian reichte, was er bereits bekam. Sein süßes Stöhnen, seine Blicke, seine Küsse. Dieser Mann war ein Traum.

Samir ging mutiger vor, als er erwartet hatte. Mit der unverletzten Hand streichelte er seine Brust, glitt massierend über seinen Brustmuskeln und rieb dabei auch über seine Brustwarze. Seine süßen Lippen fanden Cassians Ohr und knabberten an ihm, was Cassian mehrere wohlige Schauer auf einmal durch den Körper jagte. An den Ohren war er empfindlich. Als Samir auch noch versuchte, seine Zunge ins Spiel zu bringen, wandte er den Kopf, um ihn davon abzuhalten. Er verstand die Botschaft und leckte stattdessen über seinen Hals.

Samirs Berührungen kribbelten und Cassian gefiel der Gedanke, sozusagen das Versuchsobjekt für ihn zu spielen. Dennoch wuchs auch die Ungeduld. Er wollte mehr von ihm sehen. Ihm alles von sich zeigen. Sehen, wie er darauf reagierte.

»Wir müssen uns ganz ausziehen«, sagte er.

Samir blinzelte, sah aus, als hätte er ihn aus einem Tagtraum gerissen. Aus einem ziemlich erotischen Tagtraum wohl, denn Samirs Augen glänzten hitzig und auf seinen Wangen lag ein Rotschimmer, der nicht vom Feuer kommen konnte.

Er stieg von ihm runter und zog sich sofort die Jogginghose aus. Unterwäsche trug er nicht. Cassian nestelte am Verschluss seiner eigenen Hose herum, während sein Blick die ganze Zeit bei Samir blieb. Seine hübsche Silhouette vor dem Feuer hatte ihren ganz eigenen Zauber. Ihm gefiel dieser sehnige Körper, der irgendwie zart, aber gleichzeitig auch stark wirkte.

»Wenn du einmal stehst, hol uns doch kurz die Vaseline aus der Kommode. Ich habe da welche gesehen, als ich das Verbandzeug gesammelt habe.«

Samir eilte sofort zu dem Schrank und öffnete ihn.

»Welches ist die Vaseline?«

Ach ja, er konnte ja nicht lesen. »Die flache Dose mit dem grünen Rand.«

Samir brachte das richtige Döschen mit und Cassian nahm es ihm ab. Um es zu verstauen, klemmte er es kurz neben sich ein – dort wo auch der Fuchs herumlungerte. Dieser Sessel war verdammt vielseitig.

»Ich werde immer neugieriger«, sagte Samir und wollte wieder auf ihn klettern. Cassian hielt ihn am Becken zurück und rutschte ein Stück auf der Sitzfläche vor. Ohne Samir zu warnen, schmiegte er das Gesicht in seinem Schoß und leckte erst einmal nur über die Innenseiten seiner Schenkel.

Sofort stellte Samir die Beine weiter auseinander. Stöhnen und Kichern vermischten sich. Er schien hier kitzelig zu sein.

Seine Hände wanderten an Samirs Hüften entlang, dann nach hinten zu seinem Po, den er vorhin schon angeschmachtet hatte. Die Finger darin zu vergraben reichte schon, um ein Prickeln durch seinen Schoß jagen zu lassen. So klein und fest. Er konnte gar nicht mehr aufhören, ihn zu kneten.

Samirs Schwanz wippte auf und ab. Er ließ ihn machen, obwohl er auch schon wahnsinnig erregt war – und bei ihm kam ja noch dazu, dass er sich jede Sekunde fragen musste, was sie machen würden und wie es weiterging. Der Arme.

Cassian schmunzelte in Samirs Schoß, drückte kleine Küsse auf die warme, nackte Haut.

Er ahnte, dass Samir keinem richtigen Blowjob standhalten würde. Der junge Mann war jetzt schon so aufgeregt, stöhnte schon, wenn er seinen Schwanz nur mit der Hand umschloss, ohne sie zu bewegen – einfach nur vom Anfassen.

Deswegen gab er ihm nur eine Ahnung davon, was zwei Menschen miteinander tun konnten, indem er die Vorhaut zurückzog und genüsslich und feucht die Lippen um seine Eichel schloss. Nur ein kurzes Necken, ein kleines Kitzeln mit seiner Zunge. Es fiel schwer, nicht mehr daraus zu machen, aber Samir klang jetzt schon, als würde er gleich kommen und Cassian schmeckte seine Vorfreude.

Er zog sich von ihm zurück, blickte hoch in das vor Erregung glühende Gesicht. Samir hatte die verletzte Hand ans Gesicht gehoben und biss sich auf den Daumen. Konnte er bitte aufhören, so süß und heiß zugleich zu sein?

KAPITEL 14 – ANGST

HÄTTE SAMIR GEWUSST, wie wahnsinnig gut sich das anfühlen konnte, wenn ein anderer Mann ... also, er hätte direkt am ersten Morgen vorgeschlagen, dass sie das den ganzen Tag machen sollten.

Es war so viel schöner noch, als etwas vorgelesen zu bekommen, leckere Beeren zu naschen, oder als etwas aus Holz zu schnitzen. Irgendwie sogar schöner, als durch den Wald zu spazieren, auch wenn das natürlich auch wundervoll war, aber ...

Was Cassian tat, ließ seinen Körper tanzen, seine Muskeln beben, seinen Verstand ganz seltsame Dinge tun. Seine Berührungen schürten Wünsche, die er vorher nie gekannt hatte, die er nicht verstand.

Das Einzige, was ganz klar war, war, dass er mehr brauchte. Nicht nur wollte. Wirklich brauchte. Als Cassian ihn gerade in den Mund genommen hatte, hatte sich das angefühlt, als wäre er schon ziemlich nah dran. Keine Ahnung an was, aber nahe dran.

Dass er gleich wieder aufhörte, ließ ihn frustriert den Atem ausstoßen.

»Okay, komm her.«

Es gab nichts, was er lieber tun wollte. Geschwind war er wieder auf dem Sessel, grub die Knie rechts und links von Cassians Schenkeln ins Polster der Sitzfläche. Cassian schaute zu ihm auf und Samir blickte gespannt zurück. Sie tauschten ein Lächeln. Dann griff Cassian nach der Dose, die er ihm gebracht hatte, und schraubte sie auf. Die Creme darin schimmerte verheißungsvoll.

War die gegen den Schmerz? Cassian hatte gesagt, dass es wehtun könnte. Aber im Moment tat ihm nichts weh. Außer vielleicht dieses Warten.

Sein Blick wanderte tiefer, als Cassians Hand zwischen seinen Beinen verschwand. Samir betrachtete ihre nackten Körper. Sollte er auch mit dem Mund ...

»Ahh. Was machst du?«, entkam es ihm. Etwas Kaltes berührte ihn an einer ganz anderen Stelle. Kalt und nass.

»Ich bereite dich vor.«

Das musste Cassians Hand sein. Er spürte seine Fingerspitzen. Dort hatte er wirklich nicht mit ihnen gerechnet. Noch seltsamer wurde es, als sie nicht mehr nur über seine Haut tanzten, sondern ...

Samir seufzte hitzig. Auf einmal spürte er einen Muskel, den er selten so bewusst wahrgenommen hatte. Und Cassians Finger. *In sich.*

Wie erstarrt kniete er auf dem Sessel und starrte Cassian an, der mit der anderen Hand seinen Oberschenkel knetete. Das Feuer schräg hinter ihnen brannte nur noch schwach und sein Schein ließ langsam nach, aber ihm war so heiß, als würden die Flammen gefährlich hoch auflodern.

Cassians Finger bewegten sich. Das war wirklich komisch. Irgendwie fühlte es sich gut an, aber es war zugleich so ungewohnt, dass er sich nur schwer darauf einlassen konnte.

Vor allem fragte er sich die ganze Zeit, warum er das machte. Das vorher war viel intensiver gewesen.

Ein überraschtes Geräusch presste sich aus seiner Kehle, als Cassian noch einen Finger dazu nahm. Jetzt spürte er deutlich den Druck in seinem Innern. Das Reiben. Rein und raus. Rein und raus. Ein Schauer lief über seinen Körper. Sein ganzes Becken begann zu prickeln.

Das war ...

»Gefällt dir das?«, fragte Cassian.

Samir nickte.

Wie Cassian ihn so von innen massierte, fühlte sich auf eine andere Art schön an. Das Gefühl war unterschwelliger und langsamer. Nicht so heftig wie die Wonne, die er empfand, wenn er seinen Schwanz anfasste, aber es baute sich auf und wurde immer intensiver.

Samir bewegte sich. Sein Körper wollte schon wieder tanzen.

Ein verschmitztes Lächeln huschte über Cassians Züge und Samir wusste nicht warum, aber er fühlte sich ertappt.

»Gut«, sagte er. Seine Finger spielten noch ein bisschen zwischen seinen Beinen herum, bis sich alles dort unten kühl und nass anfühlte. Dann verschwanden sie und Cassians Hände legten sich ruhig auf seine Hüften.

»Komm noch näher zu mir.«

Samir rutschte weiter auf Cassians Schoß. Viel dichter ging es fast nicht mehr. Wieder rutschte Samirs Blick nach unten ab. Er sah, wie Cassians Finger sich um dessen Schwanz legten und da kam ihm ein Gedanke, der ihn vor Schreck japsen ließ. In seiner Brust klopfte es heiß und sein ganzer Körper spannte sich an.

Er wusste jetzt, was Cassian tun würde, und jetzt ergab es auch Sinn, dass er behauptet hatte, es könne wehtun.

Als Cassians Spitze ihn sanft dort berührt, wo eben noch seine Finger gewesen waren, zuckte Samir zusammen und suchte mit seinen Händen Halt an Cassians Schultern.

»Schau mich an.«

Samir hob den Kopf. Er hatte die ganze Zeit nach unten gestarrt.

»Hast du Angst?« Auf Cassians Stirn glitzerte ein dünner Schweißfilm und in seinen Augen stand so viel Begehren, dass es Samir fast die Sprache verschlug. Sie waren sich so nah. Er spürte seine Haut, seine Wärme.

»Ja«, gab er kleinlaut zu. Es fiel ihm schwer. Er wollte Cassian nicht enttäuschen und schon gar nicht ihn abweisen.

»Willst du mich küssen?«

»Ja«, sagte er gleich deutlich fröhlicher und neigte den Kopf nach unten. Cassian kam ihm entgegen. Obwohl sie heute erst damit angefangen hatten, fühlte sich das gleich vertraut an. Er küsste Cassian so gerne.

Ihre Lippen schmiegten sich aneinander. Sanft und zärtlich. Samir lehnte sich weiter vor, schlang die Arme ganz um Cassians Nacken. Spielerisch ließ er seine Zungenspitze über Cassians Unterlippe tanzen, lächelte in den Kuss. Er wurde jetzt schon besser darin.

Die Augen hatte er wieder geschlossen, sah nicht mehr, fühlte nur noch. Lauschte den feuchten Geräuschen ihrer Lippen und Zungen. Cassians Atemzügen. Seinem eigenen Herzklopfen.

Cassians Hände glitten über seine Seiten und seinen Rücken. Streichelten ihn ganz sanft, gaben ihm das Gefühl, dass es nirgends schöner sein könnte als hier in dieser innigen Umarmung ihrer beiden Körper.

Unendlich langsam sank er auf Cassians Schoß. Samirs Augenlider flatterten und er spürte, wie seine Nasenflügel sich blähten, seine Finger sich für einen Moment fest in Cassians Nacken gruben.

Heißer Atem strömte in seinen Mund. Cassians heiseres Stöhnen. Tausend kleine Schauer auf seiner Haut. Ein Kribbeln, das wie kaltes Wasser an seiner Wirbelsäule hinab floss.

Sie küssten sich immer noch, hörten nicht auf, bis Samir sich auf die Unterlippe biss. Ein kleiner Kuss auf seiner Wange. Dann Cassians Stimme an seinem Ohr. »Du fühlst dich unglaublich an.«

Unglaublich war, dass es wirklich funktionierte. Samirs Herz schien das auch zu finden. Es klopfte immer noch ganz aufgeregt.

Cassian war in ihm. Ganz. Er wagte kaum, sich zu bewegen, und Cassian zwang ihn auch nicht dazu. Seine Hände wanderten über seinen Körper, seine Schultern, seine Arme, seine Brust, seine Seiten, seinen Po. Feuchte Küsse kitzelten seinen Hals.

Würde es wehtun, wenn er sein Becken ein bisschen rollte? So wie vorhin, als sie noch Sachen angehabt hatten? »Mmmmh.«

»Ja, beweg dich«, bat Cassian. Es klang richtig verzweifelt. Aber Samir verstand ihn. Er hatte Angst, aber er spürte auch, dass sein Körper hungrig nach mehr war. Als wüsste er besser als sein Verstand, was ihm entging, während er zögerte.

Vorsichtig hob er sich ein bisschen an, spürte deutlich Cassians Schwanz in sich. Das allein ließ alles kitzeln, aber das war eher in seinem Kopf. Weil es immer noch so unvorstellbar war, dass sie so miteinander verbunden sein konnten. Gab es etwas Intensiveres, als jemand anderen in sich zu spüren?

Wenn er Cassian jetzt ansah, glaubte er, alles zu sehen: seine Angst, seine Wünsche, seine Verletzlichkeit. So aufrichtig und schön. Samir legte die Hände an sein Gesicht und küsste ihn.

Dann ließ er seinen Körper entgegen allen Ängsten tanzen.

KAPITEL 15 – ILLUSIONEN

DAS ERSTE, WAS Cassian bemerkte, als er langsam aus seiner Benommenheit erwachte, war, dass der Kamin aus war. Im Moment störte es ihn noch nicht, weil er den warmen Sessel im Rücken hatte und Samir auf ihm lag wie eine schwere, weiche und etwas klebrige Decke, aber bald würden sie frieren.

Das letzte Kitzeln seines Höhepunktes floss immer noch in seinen Adern, verlor sich aber schon wenige Atemzüge später. Sanft strich er durch Samirs Haar, kraulte seinen Kopf und genoss das zufriedene Brummen, das er dafür bekam.

»Wir müssen das Feuer wieder anmachen, sonst erfrieren wir.« Nicht, dass er unbedingt wollte, dass Samir aufstand, aber er wollte es wenigstens gesagt haben, damit es am Ende nicht seine Schuld war, wenn sie erfroren.

»Du hast mir nicht gesagt, dass ich so erschöpft sein werde.«

»Entschuldige.«

»Aber es hat sich gelohnt«, seufzte Samir und die Bewegung seiner Lippen an seiner nackten Schulter, schickte eine neue Gänsehaut über Cassians müden Körper.

Schließlich richtete Samir sich widerwillig auf und kletterte von ihm herunter. Dabei wirkte er ein wenig benommen, schwankte bei seinen ersten Schritten, fuhr sich durchs Haar. Dann kniete er sich nackt, wie er war, vor den Kamin und entzündete das Feuer neu, warf Scheite hinein.

Cassian zog den grob geschnitzten Fuchs aus der Sesselritze und schaute ihn sich noch einmal an. Ihm hatte er es zu verdanken, dass das eben passiert war. Ihm und Samirs unbändiger Neugier.

Der Lichtschein, den Samirs Körper noch verdeckte, wuchs wieder. Gleich würde es wieder gemütlich knistern und knacken. Es war Zeit zum Schlafen, das spürte er gerade ganz deutlich.

Er rückte auf der Sitzfläche nach vorn und zog den Eimer etwas näher heran. Das Wasser war zwar nicht mehr ganz frisch aber es war besser als nichts. Vorsichtig stand er auf und reinigte die Stellen, die es am dringendsten brauchten. Dann las er seine Sachen vom Boden auf und humpelte hinüber zum Bett.

»Ich bin froh, dass du mir das gezeigt hast«, sagte Samir beschwingt. Dann fügte er an: »Auch wenn es mir keine neuen Erinnerungen zurückgebracht hat.«

Cassian wandte sich nicht zu ihm um, sondern setzte stur seinen Weg zum Bett fort. Ein Vorteil davon, dass sie jetzt schlafen gehen würden, war auch, dass dann keiner mehr reden musste.

Was sollte er auch dazu sagen? Danke, ich bin auch froh, dass wir Sex hatten?

»Okay«, sagte er nur, um überhaupt etwas zu sagen, schlüpfte eilig in seine Boxershorts und kroch dann unter die Decke. Vom Zimmer abgewandt lag er da und schloss die Augen. Entspannt genug zum Schlafen war er allerdings nicht.

Seine Ohren hatten beschlossen, pingelig genau jedem Geräusch zu lauschen, das Samir noch machte, während er weiter im Feuer herum furchte und dann wohl ebenfalls mit den Klamotten hantierte.

Es folgten Schritte, Wasserplätschern, das Brodeln des Kessels. Der Geruch des Kräutertees schwebte durch den Raum. Samir schlürfte leise, ging zurück zum Feuer. Dann setzte er sich auf den Boden und Ruhe kehrte ein.

Cassian war die ganze Zeit wach, auch wenn er beharrlich so tat, als würde er schlafen. Auch wenn es wirklich prickelnd und schön gewesen war, Samir so nahe zu sein, war er sich jetzt nicht mehr ganz so sicher, ob es die richtige Entscheidung gewesen war.

Auf jeden Fall bestärkte es ihn in seinem Wunsch, möglichst schnell wieder auf die Beine zu kommen und die Lichtung suchen zu gehen. Die Erzählungen über sie würden sich sowieso als Blödsinn herausstellen und dann würde er nach Hause zurückkehren. Was danach passieren würde, wusste er noch nicht.

Er musste irgendwie ein neues Leben beginnen.

Diese Gedanken machten ihn tatsächlich endlich müde und bald schlief er ein.

Als er am Morgen die Augen öffnete, stand Samir schon mit Tee und Beerenmus an seinem Bett. Er wirkte wach und ausgeschlafen und fröhlich wie eh und je.

»Hey, ich habe heute früh schon in den anderen Büchern geblättert und in einem von ihnen sind viele Zeichnungen des Waldes. Meistens sind Bäume und Sträucher abgebildet, Trampelpfade und hübsche Ausblicke, ein paar Tierbaue und solche Sachen. Ein paar Lichtungen gibt es auch. Vielleicht ist die dabei, die du suchst?« Samir sprach beinahe, ohne Luft zu holen.

Ein wenig überfordert setzte Cassian sich auf und schob die Beine aus dem Bett. Dass Samir sich so für das Projekt Lichtung einsetzte, kam ihm entgegen. Vorsichtig prüfte er, ob sein Knöchel heute bereit wäre, mit etwas mehr Belastung umzugehen.

Tatsächlich schien es wieder etwas besser geworden zu sein. Der Schmerz war jetzt nicht mehr stechend und brennend, sondern dumpfer und schwächer. Vielleicht konnte er eine Weile durch den Wald wandern, wenn sie es nicht übertrieben.

Er nahm den Tee entgegen und trank einen Schluck. Dann aß er und ließ sich nebenbei von Samir das Buch zeigen. Samir blätterte begeistert um, redete über jede einzelne Zeichnung und Cassian unterbrach ihn nicht, weil er es mochte ihm zuzuhören und diese Stimme – so sehr er ihn darum beneidete – ihn irgendwie beruhigte. Andererseits musste er nichts sagen, solange Samir redete und das war ebenso ein Vorteil.

Schließlich kamen sie zu den Seiten, die Samir meinte. Cassian ließ den Löffel sinken und musterte die Zeichnung. Sie war sehr detailliert. Die Linien waren Grün und schwarz – wahrscheinlich ganz normale Kugelschreiber. Es war kein bloßes Gekritzel, sondern richtig schöne Zeichnungen, die von jemandem zu stammen schienen, der sehr viel Übung darin hatte und jedes Detail des Waldes liebte.

»Hast du das gezeichnet? Kannst du dich daran erinnern?«

Samir schüttelte den Kopf

»Ich glaube nicht. Bei dem Schnitzmesser habe ich sofort gewusst, dass ich es schon oft in der Hand hatte, aber diese Zeichnungen sind mir fremd. Wahrscheinlich war das jemand anders.«

»Der Bewohner vor dir?«, mutmaßte Cassian und Samir zuckte nur mit den Schultern. Also wusste er wohl nicht, wo die Lichtungen lagen, selbst wenn sie jetzt hier das richtige Bild finden würden.

»Ist deine Lichtung dabei?«, fragte er trotzdem.

»Ich weiß nicht, wie genau sie aussieht. Es könnte jede von denen sein«, murmelte er. »Oder eine ganz andere. Wie gesagt ... vielleicht gibt es sie auch gar nicht.«

»Also weißt du auch nicht, woran du sie erkennst, oder?« Samir überlegte kurz.

»Na ja, sie soll verzaubert sein, also erkennen wir sie vermutlich daran.«

Cassian schmunzelte, aber es fühlte sich nicht nur amüsiert, sondern auch ein wenig bitter an. Was machte er hier eigentlich? Er jagte einem Märchen hinterher.

»Das stimmt. Ich hoffe, wir finden sie.«

Samir lächelte und klappte das Buch zu. Dann räumte er das Geschirr für ihn weg und Cassian zog sich an.

Draußen vor dem Fenster lag heute eine ruhige, klare Aussicht. Die Bäume trugen eine dünne Schneedecke, aber sie war bei Weitem nicht mehr so schwer und dick wie die Tage zuvor. Außerdem schien die Sonne.

Es war der perfekte Tag für die Suche.

»Ich würde dann direkt losgehen wollen, wenn das okay ist«, sagte er und es war das erste Mal, dass er den Eindruck hatte, Samir würde sein Lächeln nur vortäuschen.

KAPITEL 16 – SUCHE

ER TRAT ÜBER die Schwelle des Hauses und schloss die Tür ab. Cassian streckte sich, ließ den Kopf im Nacken kreisen und seufzte entspannt.

Es war ein schöner Morgen. Trotz der Kälte saßen ein paar Vögel in den Baumkronen und zwitscherten. Flocken fielen keine mehr, da war nur noch die weiße, glitzernde Decke, die alles überzog. Inzwischen war sie angefroren, sodass sie dieses knirschende, kräuselnde Geräusch machte, wenn man auf sie trat.

Cassian lief ein paar Schritte vor ihm her und blieb dann stehen. Er schaute hoch zum Himmel, drehte sich herum und schien nach einer Richtung zu suchen.

»Geht es wirklich mit deinem Fuß?«, erkundigte Samir sich und musterte prüfend Cassians Bein.

»Ich bin vorsichtig.«

Samir nickte nur. Cassian sah so entschlossen aus, dass er es ihm wahrscheinlich sowieso nicht hätte ausreden können. Ehrlich gesagt hätte er es nicht schlimm gefunden, wenn sie noch einen Tag in der Hütte verbracht hätte. Um sich auszuruhen. Sie kannten ja jetzt mehrere gute Möglichkeiten, um sich die Zeit zu vertreiben.

Seine Wangen röteten sich, aber das lag bestimmt nur an dem kühlen Wind, der über sein Gesicht strich. Samir ging los. In seinem Kopf war zwar keine Karte und es fühlte sich an, als würde die Erinnerung an den Wald ebenso verblassen, wie seine Erinnerung an seine andere Gestalt, aber er vertraute dem Wald. Er würde sie führen. Und wenn er wollte, dass sie die Lichtung fanden, die Cassian suchte, dann würden sie sie auch finden.

Hier, in der Nähe der Hütte gab es noch so etwas wie einen Weg. Der Boden war hier etwas plattgetreten, weil er selbst jeden Tag hier herumgestromert war, Beeren und Nüsse gesucht hatte.

Sie folgten diesem Weg eine Weile, kamen aber bald in den Bereich des Waldes, der vollkommen unberührt wirkte. Nun, unberührt bis auf die vielen kleinen Spuren der Tiere. Die Abdrücke der Eichhörnchenfüße und Vogelkrallen im Schnee.

Samir schmunzelte über sie.

Sein Blick flog zwischen den hohen, dunklen Stämmen umher, die im Weiß des verschneiten Waldes geradezu düster wirkten. Aber der Wald war alles andere als unheimlich. Er war wunderschön.

Samir liebte, wie er glitzerte, wie der Schnee manchmal von den Zweigen rutschte und wie Glitzerpuderregen vor ihm niederging. Er liebte die kleinen Geräusche, die von überall her kamen und ihm deutlich machten, dass er nicht allein war, auch wenn es ihm manchmal so vorkam.

Er liebte es auch, dass Cassian bei ihm war. Warum konnte er eigentlich nicht bleiben?

»Wird sich deine Familie Sorgen machen, wenn du so lange hier bist?«, fragte er vorsichtig und musterte den Boden vor ihnen. Damit täuschte er vor, dass er nach

Hindernissen wie Wurzeln Ausschau hielt, damit Cassian nicht darüberfiel — aber in Wirklichkeit wusste er nur nicht, wo er hinschauen sollte, wenn er so etwas fragte.

»Unwahrscheinlich. Die hören sowieso kaum noch was von mir. Wenn die überhaupt mitgekriegt haben, dass ich nicht zu Hause bin, ist das schon eine Leistung.«

»Oh«, machte er.

»Und deine Familie? Besuchen sie dich hier?«

Samir blinzelte. Er hatte nicht mit einer Gegenfrage gerechnet. Normalerweise stellte Cassian keine. »Ich ... ich weiß nicht. Ich glaube nicht.«

»Kannst du dich wieder nicht erinnern?«

Er schüttelte den Kopf. »Hab ich doch gesagt. Ich erinnere mich erst wieder klar ab dem Zeitpunkt, als ich dich gefunden habe.«

Cassian hob die Augenbrauen. »Ich hielt das für einen Scherz.«

Betretenes Schweigen kehrte ein und in dieser Stille stellte sich Samir vor, wie er Cassian darum bat, bei ihm einzuziehen. Sie könnten gemeinsam in der Hütte wohnen. Er würde ihnen immer Essen besorgen und wenn Cassians Knöchel verheilt war, konnte er ihm zeigen, wo er die richtigen Beeren und Nüsse fand.

Wenn Cassian unbedingt wollte, würde er ihm auch einen Fluss zeigen, in dem er Fische fangen könnte. Ihm zuliebe würde er es vielleicht hin und wieder probieren. Und sie würden zusammen schnitzen. Vielleicht konnte Cassian ihm das Lesen beibringen. Und natürlich wollte er auch gerne öfter Sex haben, auch wenn es ziemlich anstrengend war. Sie hätten so viel Spaß.

Gerade, als er den Blick zu Cassian hob, und den Mut in sich fand, etwas zu sagen, hob Cassian den Arm und deutete nach vorn.

Dort lichtete sich der Wald tatsächlich ein wenig. Mit klopfendem Herzen beschleunigte Samir seine Schritte. Wenn das die Lichtung war, die Cassian suchte, dann wäre das hier und heute ihr letzter Tag zusammen.

Er war ein schlechter Mensch, wenn ihn das traurig machte, oder?

Er sollte sich für Cassian freuen, wenn er endlich fand, was er suchte. Diese Lichtung war ihm so wichtig gewesen, dass er im tiefsten Schneefall durch den Wald gestolpert war. Beinahe erfroren wäre.

Samir hatte noch gut im Kopf, wie viel Schmerz er in Cassian gefühlt hatte, als es um seine Stimme ging. Von der verzauberten Lichtung versprach er sich Heilung. Wer war er, wenn er insgeheim hoffte, dass er sie nicht fand?

Er kniff die Augen zusammen und schüttelte den Kopf.

Dann öffnete er sie wieder und legte umso mehr Entschlossenheit in seine Schritte. Cassian sollte glücklich werden. Er sollte die Lichtung finden.

»Meinst du, das ist sie?«, fragte er leise, so als könnte er den Zauber der Lichtung aus Versehen vertreiben, wenn er zu laut sprach.

Cassian trat durch die letzte Baumreihe und machte ein paar Schritte in die Lichtung hinein. Es war ein hübscher Anblick. Die Tannen umrahmten die Lichtung in einem losen Kreis und streckten ihre Spitzen in den Himmel, doch eine große Fläche blieb frei. Dort war der Schnee schon am weitesten geschmolzen und das Grün des Waldbodens zeigte sich. Genau dorthin ging Cassian und hockte sich hin.

Eine Weile blieb er still, berührte das Gras, indem er seine Hände durch die Halme gleiten ließ. Dann seufzte er schwer und erhob sich wieder. »Nein, das ist sie nicht.«

»Wir suchen weiter«, sagte Samir direkt. Er wollte nicht wieder in diese anderen Gedanken abgleiten. Für ihn ging es um Cassian. Nicht um seine eigenen, egoistischen Wünsche.

KAPITEL 17 – WAHRHEIT

DER WALD WAR endlos. Egal, wohin Cassian blickte, oder wie weit sie liefen – sie kamen nie auch nur in die Nähe des Randes.

Obwohl er versprochen hatte, langsam zu machen und vorsichtig zu sein, ging Cassian weit über seine Grenzen hinaus. Schon seit Stunden biss er die Zähne zusammen. Sein Knöchel pochte wie wild.

Wenn Samir ihn fragte, ob sie nicht zurückgehen sollten, verneinte er das und sagte, dass es ihm nichts ausmachte. Lediglich auf seinen Vorschlag, eine Pause einzulegen, war er eingegangen.

Inzwischen sank die Sonne. Die Schatten der Bäume wanderten, wurden länger und etwas Gespenstisches hielt Einzug in diesem eigentlich so friedlich wirkenden Wald. Vielleicht kam ihm das aber auch nur so vor, immerhin war er ein Stadtkind und noch nie nachts im Wald unterwegs gewesen.

»Wir sollten zurück. Im Dunkeln ist die Gefahr zu groß, dass du nochmal stürzt«, drängte Samir.

Cassian verzog den Mund. Viel gesprochen hatte er die ganze Zeit über nicht – er brauchte alle Konzentration dafür, nicht stärker zu humpeln. Die Gedanken an die Hütte, die Wärme des Feuers, und die Bequemlichkeit des Bettes, waren unheimlich verlockend. Sie sollten zurückgehen.

»Morgen suchen wir weiter«, versprach Samir und Cassian rang sich ein Nicken ab. Sie kehrten um. Samir führte sie.

Ehrlich gesagt hatte Cassian keine Ahnung, wie er das machte. Für ihn sah hier fast alles gleich aus. Der Wald war hübsch, aber es gab wenig, woran er sich orientieren konnte. Sein Gefühl sagte ihm nur, dass die Richtung stimmte, in die Samir lief.

Immer wieder drehte der Kerl sich zu ihm um, betrachtete zweifelnd seine Schritte. Wahrscheinlich ahnte er, dass er es übertrieben hatte. Eine Weile ließ Samir ihn damit durchkommen. Dann stand er auf einmal neben ihm, legte sich seinen Arm über die Schulter und stützte ihn wortlos beim Laufen.

Cassian gab nur ein heiseres Brummen von sich, während er sich helfen ließ.

Dieser Ausflug war der totale Reinfall gewesen. Er hatte sich ganz schön verausgabt und nichts erreicht.

Es kostete ihn den ganzen Rest seiner Kraft, zur Hütte zurückzukehren und er war unendlich froh, als er sich endlich auf die Bettkante setzen konnte.

Vorsichtig zog er sich die Stiefel von den Füßen. Schon das tat scheiße weh. Cassian spürte, wie sich sein Gesicht zu einer Grimasse verzog. Gefühle, die er zu gut kannte, ballten sich in ihm zusammen wie ein Unwetter.

Verzweiflung. Frust. Angst.

Er hatte doch von Anfang an gewusst, dass er einem Märchen hinterherjagte. Was hatte er erwartet? Dass es wirklich eine verzauberte Lichtung gab, die sein Stimmband heilte? So ein Blödsinn.

Wahrscheinlich hatte er einfach nur sterben wollen. Deswegen war er so ziellos in den Wald gestapft und nicht umgekehrt, als der Schneefall so dicht geworden war.

Samir huschte durch die Hütte, entzündete das Feuer und kochte Tee. Er kümmerte sich um alles, redete dabei auch, aber Cassian hörte nicht zu. Warum war dieser Mann so verdammt nett zu ihm? Wahrscheinlich war das die Einsamkeit. Wenn man jahrelang keine anderen Menschen sah, war wahrscheinlich jede Begegnung wie ein Schatz. Sogar eine mit einem grimmigen, gebrochenen Typen wie ihm.

Dabei war er ja nicht immer so gewesen. Ein bisschen grummelig vielleicht, aber er hatte viel mehr Freude gehabt und das auch mit anderen geteilt. Deswegen hatte er ja Sprecher werden wollen. Deswegen hatte er gesungen.

Für einen Moment barg er das Gesicht in beiden Händen und drückte auf seine Augenwinkel, damit die Tränen es gar nicht erst versuchten.

Gestern hatte er fast vergessen, traurig und frustriert zu sein. Er war beinahe wieder der Alte gewesen. Samir hatte ihn mit seiner besonderen Art von seinen Problemen abgelenkt.

Auch jetzt war er wieder da, hielt ihm einen Becher mit frischem Tee hin und setzte sich zu ihm, fröhlich plappernd. Cassian wollte nicht vor ihm weinen, also tat er so, als sei er einfach nur erschöpft von der Wanderung.

»Ich könnte morgen auch erst mal allein losgehen und eine Lichtung suchen. Und dann hole ich dich. Das spart ein bisschen Energie.«

Cassian wollte sagen, dass das nicht nötig war, dass er genug Kraft hatte. Aber es kam ihm nicht über die Lippen. Er saß nur stumm da und nippte an dem Tee.

»Es gibt sie wahrscheinlich eh nicht«, sagte er schließlich und seine Kehle schmerzte davon, als hätten die Worte ihn geschnitten.

»Warum denkst du das?«

Cassian lachte bitter. »Warum dachte ich, dass es sie geben könnte?« Das war doch die viel logischere Frage. Es gab keine Magie. Und Märchen waren eben nur nette Geschichten. »Das kann ich dir sagen. Ich dachte das, weil ich verzweifelt war. Weil man am Ende bereit ist, an alles zu glauben. Ich wollte so sehr meine Stimme zurück.«

Samir legte ihm eine Hand auf die Schulter und tätschelte ihn liebevoll. Eigentlich wollte Cassian ihm sagen, dass er das lassen sollte, aber als er den Kopf hob und ihn ansah, vergaß er das.

»Doch, es gibt Magie«, sagte Samir mit so einer klaren und festen Überzeugung, dass Cassian es in dieser Sekunde auch glaubte. Aber der Moment ging wieder vorbei. Samir wollte einfach nur nett sein, ihm Mut machen. Er war ja nicht blöd.

»Im Märchen«, sagte Cassian.

»Nein. So richtig.«

»Lass gut sein.«

»Ich weiß, dass es sie gibt.«

Cassian kniff die Augen zusammen. Er wollte Samir nicht schon wieder anfahren, das hatte er nicht verdient, aber gerade wurde er so zornig über diese falsche Hoffnung, dass er nicht anders konnte.

»Hör auf damit, verdammt! Ich muss der Wahrheit ins Auge sehen: Ich werde nie wieder eine normale Stimme haben. Ich werde immer klingen wie ein kaputtes Radio. Keinem mehr vorlesen. Nie wieder singen. Diese ganze Hoffnung hat es nur schlimmer gemacht. Ich hab mich so daran geklammert. Aber das war alles Bullshit.«

Seine Stimme kapitulierte vor seinem Gefühlsausbruch, klang noch kratziger und gebrochener als sonst, aber es war ihm egal. Er hatte Samirs Hand von sich weggewischt und war in seiner Wut aufgesprungen – was eine schlechte Entscheidung war, denn der Schmerz in seinem Knöchel schnitt ihm fast die Luft ab.

Scheiße, er konnte ja nicht mal weggehen, niemanden richtig anschreien. Das war so erbärmlich.

Samir blickte ihn aus großen Augen an. Er schien nicht wütend oder beleidigt zu sein, knallte ihm auch nicht ins Gesicht, wie unfassbar undankbar er war. Das hätte er verdient gehabt. Nein, er stand auf, sah ihm mitfühlend in die Augen und sagte: »Ich beweise dir, dass es Magie gibt.«

KAPITEL 18 – MAGIE

DER SCHMERZ UND die unterdrückte Trauer in Cassians Augen wollte Samir in eine Welt zerren, die ihm dunkel und unheimlich vorkam. Er spürte, dass es auch dort Erinnerungen gab, aber vielleicht musste man nicht jede einzelne zum Leben erwecken.

Zu sehen, wie dieser Mann seine Tränen zurückhielt, zu hören, wie seine geschwächte Stimme versagte und zu spüren, wie sein Mut zerbrach – das hielt Samir nicht aus. Er musste etwas unternehmen.

Entschlossen stand er vor Cassian. Entschlossen, ihm zu beweisen, dass es Magie gab. Er würde es tun. Ihm seine andere Gestalt zeigen. Wenn er nur gewusst hätte, wie er sich verwandelte ...

Cassian starrte ihn entgeistert an. Samir wusste, dass es ein zerbrechlicher Moment war, dass Cassian zwischen Unglaube, Neugier und noch mehr Wut schwankte. Er musste sich beeilen.

»Bevor ich dich gefunden habe, war ich ...« Er stieß den Atem aus. »Ich versuche, es dir zu zeigen. Bitte gib mir einen Moment, okay?«

Irgendwie schafften es seine Worte, Cassian zu überzeugen. Zumindest setzte er sich wieder aufs Bett. Samir atmete durch und trat ein Stück zurück. Falls er es schaffte, sich zu verwandeln, wollte er nicht die Möbel ramponieren. Wenn er sich richtig erinnerte, hatte er auch ein Geweih gehabt. Ja, sein Geweih. Darauf war er so stolz gewesen.

Er hatte so gerne am See gestanden und sein Spiegelbild angeschaut. Allerdings war es lange nicht so groß gewesen, wie das von den anderen Hirschen. Seine Freunde waren über die Jahre alle noch gewachsen. Nur er nicht. Das hatte ihn immer gewundert und ... ja, er hatte sich einsam gefühlt.

Samir schloss die Augen und dachte an sein Geweih und die anderen Hirsche, aber auch an den Wald, das Flüstern der Gräser und Baumkronen. Er dachte an den Geschmack von Beeren und Nüssen, Eicheln und Kastanien. Er dachte an den Geruch seines Fells bei Regen, an lange Wanderungen durch den Wald, an glitzernde Bäche und blühende Lichtungen.

Etwas veränderte sich. Seine Beine fühlten sich anders an. Sein Körper wurde warm und kitzelte – aber auf eine andere Weise als gestern. Er spürte das Gewicht auf seinem Kopf. Auf einmal fühlte es sich ganz leicht an und der Weg zu seiner anderen Gestalt lag offen vor ihm.

Ja, er konnte immer noch ein Hirsch sein, auch wenn er in den letzten Tagen ein Mensch gewesen war. Was davon war er wirklich? Im Moment wusste Samir es nicht mehr.

Ein dumpfes Geräusch ließ ihn die Augen öffnen. Er sah Cassian vor sich, der auf dem Bett nach hinten gerutscht war und nun die Wand im Rücken hatte. Er sah blass aus, starrte ihn an.

»Du ... du ... das kann nicht ...«, stammelte er.

Samir war froh, dass er ihn verstand. Er wollte antworten, aber das ging im Moment nicht. Als Hirsch konnte er nicht sprechen wie ein Mensch. Hoffentlich hatte Cassian jetzt keine zu große Angst vor ihm. Vorsichtig machte er einen Schritt auf das Bett zu, legte den Kopf schief. Er musste an das Geweih denken. Nirgends anstoßen.

»Ich glaub das nicht. Das ist zu verrückt.«

Cassian starrte ihn immer noch an. Samir wollte lächeln, aber wahrscheinlich ging auch das nicht richtig. Er streckte vorsichtig den Kopf nach vorne, und berührte Cassians Arm mit der Nase.

»Du bist echt«, hörte er ihn sagen. »Das ist unglaublich.«

Ja, das bin ich. Es gibt Magie. Deine Lichtung gibt es bestimmt auch. Ich verspreche dir, dass wir sie finden.

Cassian hörte ihn nicht, aber er rückte trotzdem wieder ein Stück an ihn heran, streckte die Hand aus, und streichelte sein Gesicht. Samir war so glücklich, dass er ihn anfasste. Endlich sah Cassian nicht mehr so zerbrochen aus.

»Du hast dich einfach verwandelt ... das ist tatsächlich wie in einem Märchen.« Er sah, wie Cassians Blick wanderte. Zum Boden. Dann wieder zu seinen Augen. »Du bist ein Hirsch.« Dann lachte er. Es klang rasselnd und ein bisschen schmerzhaft, aber Samir war so froh, es zu hören.

»Ich habe jede Menge Fragen, kannst du ... kannst du dich auch wieder zurückverwandeln?« Immer noch streichelte die Hand sein Gesicht und allein deswegen wollte Samir sich gerade gar nicht verwandeln, aber natürlich tat er Cassian den Gefallen. Er wollte ja auch unbedingt mit ihm reden.

Wieder schloss er die Augen und dieses Mal musste er nicht lange in sich danach suchen – er dachte nur an seine

Hände, und wie nützlich sie waren, wenn sie ein Messer führen konnten, um Holz zu schnitzen, wenn sie Cassian berühren konnten ...

Dann saß er auf einmal auf dem Bett, direkt vor Cassian, der immer noch die Hand an seinem Gesicht hatte. Erschrocken wich er wieder ein wenig zurück.

»Das ging ... schnell«, bemerkte er.

Samir lächelte breit und glücklich. »Ich wollte dir das unbedingt zeigen. Bevor ich dich vor ein paar Tagen gefunden habe, wusste ich gar nicht mehr, dass ich ein Mensch sein kann. Aber ich wollte dir unbedingt helfen. Mein Geweih war nur so nutzlos, ich brauchte einen anderen Körper dafür. Und dann konnte ich dich wegtragen. Und die Hütte ist mir wieder eingefallen und ...« Es sprudelte richtig aus ihm heraus.

Cassian lächelte auch, aber der Ausdruck wirkte ein wenig unsicher.

»Was ist?«, fragte Samir.

»Deine Sachen sind dabei kaputtgegangen.« Cassian deutete auf ihn und Samir blickte an sich hinab.

»Oh«, machte er. »Ich wusste nicht, dass das passiert.« Er lachte und kroch vom Bett. Die Hose war einfach nur von ihm abgerutscht und lag auf dem Boden – das Hemd allerdings bestand nur noch aus Fetzen. Peinlich berührt bückte Samir sich danach und betrachtete den Stoff.

»Deswegen warst du so weltfremd. Jetzt ergibt es mehr Sinn«, murmelte Cassian. »Auch wenn ... na ja, das Ganze schon mittelmäßig unglaublich ist.«

Samir schaute ihn an. »Also glaubst du jetzt wieder an die Lichtung?«

»Dank dir kann ich jetzt an fast alles glauben.«

KAPITEL 19 – WUNDER

VIELLEICHT KONNTEN MÄRCHEN doch wahr werden. Samir hatte sich vor seinen Augen in einen jungen Hirsch und dann wieder in einen Menschen verwandelt. Er hatte es selbst gesehen und das zerrissene Hemd war ein zusätzlicher Beweis.

Mit einem aufgeregt trommelnden Herzen saß Cassian auf dem Bett und starrte Samir an. Die ganze Zeit über war das sein Geheimnis gewesen. Die ganze Zeit über war er ...

»Was bist du denn nun wirklich? Mensch oder Hirsch?«

Samir hatte sich gerade die Jogginghose angezogen und schaute ihn unsicher an. »Ich weiß es nicht sicher«, erwiderte er. »Aber ich glaube, ich war früher schon ein Mensch. Die Erinnerungen, die du in mir geweckt hast, sind alle für einen Menschen.«

»Okay«, sagte Cassian langsam. Also eher ein Mensch, der sich in einen Hirsch verwandeln konnte? Beide Vorstellungen waren zwar gleichermaßen mysteriös, aber wenn Samir ursprünglich ein Mensch war, und der andere Teil von ihm Magie, dann musste er wenigstens nicht mit dem Gedanken klarkommen, dass er mit einem Hirsch ...

Oh Mann. Cassian rieb sich den Nacken. Vorhin war er noch so erschöpft gewesen, aber jetzt fühlte er sich unangenehm aufgekratzt. Aber man begegnete ja auch nicht jedem Tag jemandem, der sich in ein Tier verwandeln konnte.

»Hast du jetzt Angst vor mir?«, fragte Samir, dem wohl sein Blick aufgefallen war.

Cassian hob die Hände. »Hätte ich vielleicht, wenn du ein Wolf oder Dachs wärst.«

Samir kam wieder zu ihm ans Bett und legte den Kopf schief.

»Warum?«

»Na, weil die gefährlicher sind als ein Hirsch. Hirsche sind friedlich.« Es war ohnehin nur ein Scherz gewesen.

»Okay«, sagte Samir und kletterte mit aufs Bett. Er rutschte neben ihm an die Wand und sah ihn an. »Kannst du nochmal mein Gesicht streicheln? So wie eben? Das war schön.«

Wortlos schaute Cassian in die braunen Augen des anderen Mannes. Ganz offensichtlich ein Mann, kein Hirsch. Eigentlich sollte er Nein sagen, auf Abstand gehen. Nicht, weil Samir diese Magie in sich trug, sondern, weil ... weil es einfach keine gute Idee war. Er merkte doch, wie Samir drauf war. Er war einer von denen, die sich viel zu schnell an jemanden banden. Sich verliebten, nur weil sie einmal Sex mit jemandem gehabt hatten.

Irgendwie bewunderte er das. Wenn man sich so schnell öffnen konnte. So schnell vertrauen konnte. Samir machte sich keine Sorgen darum, dass sein Herz gebrochen werden könnte, wenn er es verschenkte. Vielleicht, weil es ihm noch nie passiert war.

Sein Blick wurde traurig, als Cassian zögerte.

Nun streckte er doch die Hand aus und berührte sein Gesicht. Er mochte Samir doch. Natürlich mochte er ihn. Es gab gar keinen Weg, es nicht zu tun. Aber genau das war das nächste Problem.

Bald würde er wieder gehen. Diesen Wald verlassen und in sein altes Leben zurückkehren. Das Chaos dort aufräumen und irgendwie neu anfangen. Und Samir würde hierbleiben, das wusste er – danach brauchte er nicht fragen. Samir und dieser Wald waren so eng verbunden, dass sie sich niemals trennen könnten.

Sanft streichelte er Samirs Wange und spürte, wie das Strahlen seiner Augen ihn einnahm. Cassian wollte das nicht. Er wollte nicht, dass sein Herz höher schlug, wenn Samir lächelte. Aber er konnte es auch nicht davon abhalten. Es hatte eben einen Narren an ihm gefressen.

»Kannst du auch noch andere Sachen mit deiner Magie machen?«, fragte Cassian, damit das Schweigen zwischen ihnen nicht seltsam wurde.

»Deine Stimme heilen, meinst du?« Samir sah ihn ernst an. »Ich könnte es versuchen.«

Cassian ließ die Hand sinken.

»Vielleicht geht es, wenn ich es mir ganz stark wünsche.«

Samir rückte näher an ihn heran, eigentlich schon zu nahe, aber Cassian wich nicht zurück.

»Wo ... ähm ... sind die Stimmbänder?«

Schmunzelnd nahm er Samirs Hand und führte sie an die Stelle seines Halses, die letzter Zeit so viel mitgemacht hatte. Erst der Unfall mit dem Autofahrer, bei dem er so hart auf seinen Fahrradlenker gefallen war, dass seine Stimmbänder sich nicht wieder von der heftigen Quetschung hatten erholen wollen und später der missglückte Versuch, sie irgendwie zu reparieren ...

Seine Finger dort zu fühlen, schickte einen Schauer über seinen Rücken.

Samir nickte ihm zu und schloss die Augen. Cassian atmete durch, kämpfte mit der Hoffnung, die in ihm aufstieg. Es war verrückt, aber im Moment hatte er wirklich viel davon. Vielleicht konnte Samir ihn wirklich heilen. Mit Magie.

Nichts passierte. Zumindest fühlte er nichts. Wie fühlte es sich überhaupt an, wenn Magie in einem wirkte? Das hätte wohl nur Samir beantworten können. Cassian hielt einfach nur still. Er wollte Samir ja nicht unterbrechen oder stören.

Tausend kleine Fantasien schossen ihm durch den Kopf. Wie er wieder die Dinge tun konnte, von denen er träumte: Im Tonstudio stehen und Geschichten einsprechen. Seine eigenen Lieder schreiben und singen. In der Kaufhalle den Weihnachtsmann spielen und Kinder damit glücklich machen. Das hatte er jedes Jahr gemacht, bis der Unfall passiert war.

Und er könnte Samir zeigen, wie seine echte Stimme klang. Nicht dieses heisere Überbleibsel. Ja, er wollte wirklich, dass Samir ihn hörte.

Tatsächlich kribbelte es in seinem Hals. Oder vielleicht auch nur auf seiner Haut, weil Samir ihn dort berührte. Wunschdenken. Das mit der Magie würde bestimmt nicht funktionieren ... das wäre zu ...

»Versuch es mal«, bat Samir. Seine Hand lag nicht mehr an der Narbe, sondern war ein Stück zur Seite, zu seiner Schulter gewandert. Cassian schluckte.

Wenn er jetzt versuchte zu sprechen, und sich nichts verändert hätte, dann konnte auch Magie ihm nicht helfen. Das wäre noch frustrierender, als ... Er stieß den

Atem aus. Okay. Er würde es versuchen. Samir sah ihn so gespannt an.

»Danke«, sagte er. Und obwohl es heiser und rau klang, fühlte es sich doch anders an als sonst. Cassian runzelte die Stirn und räusperte sich. Klärte seine Stimme, schluckte. »Ich glaube es ... es hat geklappt.«

Nun war er es selbst, der sich an den Hals griff. Seine Stimme hatte wieder einen Klang! »Samir«, sagte er und starrte ihn fassungslos an. »Du hast es geschafft. Ich ...« Er wollte gar nicht aufhören, zu sprechen, aber ihm fehlten die passenden Worte. Wie absurd. Er musste lachen und im nächsten Augenblick warf er seine Arme um Samir und drückte ihn so fest an sich, wie er nur konnte.

Tränen stiegen in ihm auf. Tränen, die er nicht zurückhalten konnte, nein, wollte. Er wollte weinen.

»Cassian.« Samir drückte ihn zurück, strich ihm durchs Haar und über den Rücken. Es war eine lange, innige Umarmung und Cassian dachte nicht mehr an Abstand.

Es musste eine Ewigkeit her sein, seit er das letzte Mal so geweint hatte. Sein ganzer Körper bebte wie unter Krämpfen und er schluchzte laut. Normalerweise wäre ihm das peinlich gewesen. Aber nicht hier und jetzt bei Samir. Samir, der ihm seine Stimme zurückgegeben hatte.

Er konnte es nicht glauben.

Vorsichtig löste er sich von ihm und sofort griff Samir nach einem Zipfel der Bettdecke und trocknete damit sein Gesicht. Sein Lächeln war so hübsch und süß wie immer, aber seine Unterlippe schien ein bisschen zu zittern.

»Warum habe ich das nicht schon viel früher versucht?«, fragte Samir leise.

Cassian schniefte. »Ich weiß nicht, wie ich dir danken soll.«

»Dass du so glücklich bist, reicht mir vollkommen.« Samirs Augen funkelten.

»Du bist viel zu gut«, sagte Cassian und bekam eine Gänsehaut von seiner eigenen Stimme. Dass er sie wieder hören konnte ... er hatte fast vergessen, wie sie klang. Voll und tief – und wenn er wollte, dann auch ganz weich. »Ich will dir etwas dafür geben. Irgendetwas. Bitte.«

Samir ließ die Hand mit dem Bettdeckenzipfel sinken. Sein Lächeln schwand ein wenig, wurde scheu, aber seine Augen glänzten immer noch. »Dann ... schlaf nochmal mit mir.«

KAPITEL 20 – WÜNSCHE

SAMIR BISS SICH auf die Unterlippe. Er wusste nicht, ob man sich so etwas überhaupt wünschen durfte, wenn jemand aus Dankbarkeit etwas anbot. Aber nun war es ihm rausgerutscht und ... er wollte das wirklich unbedingt. Cassian nochmal küssen. Nochmal von ihm angefasst werden. Seinen Körper spüren. So sehr.

»Wenn du zu erschöpft bist von unserem Ausflug ...«, setzte er an, aber Cassian legte ihm den Zeigefinger auf die Lippen. Schon diese kleine Berührung prickelte auf seinen Lippen.

»Du bekommst alles von mir, was du willst.« Cassians volle Stimme klang fremd für ihn, aber sie war wirklich schön. So dunkel wie der Nachthimmel über dem Wald und so sanft wie der Fall der Schneeflocken.

Alles, hatte er gesagt. Samir schluckte, als ihm klar wurde, dass es schon losging. Cassian drückte ihn aufs Bett und Samir breitete sich auf der Matratze aus. Alles hier roch so gut – das Kissen, das Laken, die Decke.

Ihre ersten Küsse schmeckten nach Tee. Kühl und feucht und vertraut. Es ging ganz langsam. Sie ließen sich

Zeit. Cassians Hand war in seinem Haar, die andere hielt sein Kinn.

Sein Körper wurde ganz kribbelig und weich. Eine seltsame Unruhe ließ ihn zittern. Er seufzte tief und sein Körper bog sich ihm entgegen, als Cassians Zunge seinen Mund eroberte.

Samir wollte schmelzen wie der Schnee im Sonnenlicht. Er wusste ja inzwischen, dass Küssen nur der Anfang war, aber gerade fühlten sich Cassians Lippen an seinen genauso heiß und kribbelnd an wie Sex.

Die Hand an seinem Kinn dirigierte ihn ganz sachte, während ihre Zungen einander umspielten. Cassian führte ihn, genau wie beim letzten Mal, und auch wenn er inzwischen eine Ahnung davon hatte, was sie tun würden, ergab er sich dem liebend gern.

»Ich fürchte, du wirst heute Nacht sehr sehr erschöpft sein«, raunte Cassian an seinem Mund. »Aber ich werde mich nicht dafür entschuldigen.« Seine Zunge kitzelte jetzt seinen Hals.

Samir stöhnte, als er merkte, wo Cassians Hand hingewandert war. Sie presste sich fest gegen seinen Schwanz, rieb ihn durch den Stoff, bis er richtig hart wurde. Es war kein Versehen, als Cassian genau dann von ihm abließ, als er es kaum noch aushielt.

Empört schnappte Samir nach Luft. Die Zungenspitze, die gerade an seiner Ohrmuschel entlangfuhr, machte ihn wahnsinnig. Cassian machte ihn wahnsinnig. In seinem Ringen um Beherrschung wand er sich auf dem Bett.

Es war beinahe unerträglich, nicht mehr angefasst zu werden, wo es doch gerade so schön gewesen war. »Du bist gemein zu mir«, sagte er. Es sollte vorwurfsvoll klingen, aber seine Stimme tat nicht, was er wollte.

»Das ist sehr voreilig«, erwiderte Cassian und schob seine flache Hand unter den Hosenbund. Samir spreizte die Beine. Es war wie ein Reflex. »Es gibt noch viel mehr, weißt du? Und es wird besser, wenn man ein bisschen wartet.«

Noch mehr?

Samir schluckte den Speichel, der sich in seinem Mund angesammelt hatte. So sehr er es auch hoffte und innerlich darum bat – Cassian fasste seinen Schwanz nicht an, sondern streichelte großzügig jeden Flecken Haut rundherum. Er massierte seine Oberschenkelinnenseiten, berührte seine Hoden und grub seine Finger in die empfindliche Partie unter seinem Bauchnabel.

Samirs Schwanz zuckte, als würde er versuchen, Cassian so auf sich aufmerksam zu machen. Warum fasste er ihn denn nicht mehr an? Hilflos bewegte er sein Becken, stöhnte unter den kleinen Bissen, die Cassian auf seinem Oberkörper verteilte. Immer wieder spürte er seine Zähne.

Dann zog er ihm die Hose aus. Als der dicke Stoff wich, merkte er erst, wie heiß es in seinem Schoß wirklich war. Doch Cassian kümmerte sich immer noch nicht darum. Er hatte sich über seinen Unterkörper gebeugt und ließ die Zunge um seinen Bauchnabel kreisen.

Das kitzelte. Samir lachte und keuchte gleichzeitig.

Der Gedanke, dass Cassian immer noch alle seine Sachen anhatte, ließ ihn verzweifeln. Wann würde er denn endlich ...?

»Was ... machst du?« Samir stützte sich zittrig auf die Ellbogen und blickte an sich hinab. Cassian kniete zwischen seinen gespreizten Beinen und hatte sich weit hinabgebeugt. Seine Finger umfassten seinen Schwanz, und sein Mund war ... so schön feucht und weich.

Samir stöhnte. Cassian wirkte ganz vertieft in sein Tun. Er hatte die Augen geschlossen, sein Kopf bewegte sich ganz geschmeidig vor und zurück. Seine Lippen schmatzten.

Alles in seiner Körpermitte schien sich zusammenzuziehen. Sein Schwanz war so hart, dass er anfing, zu pochen wie eine Verletzung, aber es tat nicht weh, auch wenn es schwer zu ertragen war. Er wollte schreien und irgendwann tat er es auch.

Sein Körper war außer Kontrolle. Er bebte und wand sich, wusste nicht, ob er von Cassian weg oder zu ihm hin wollte. Er hatte Angst, Cassian wehzutun oder zu verletzen, wenn er sich nicht beherrschte, aber selbst als er in seinen Mund stieß, hörte Cassian nicht auf, wich nicht zurück.

Samir warf den Kopf in den Nacken. Seine Anspannung entlud sich wie ein Gewitter – donnernd und zuckend und übermächtig. Und Cassian war mittendrin. Statt sich zurückzuziehen, blieb er aber genau dort, zwischen seinen Beinen und küsste und leckte ihn immer noch.

Samirs ganzer Unterleib bebte. Seine Beine zitterten. Seine Füße kribbelten. Alles fühlte sich so feucht und kribbelig an. Cassian schien das gar nicht zu stören. Er leckte über die Innenseiten seiner Oberschenkel, schob die Hände unter seinen Po und massierte ihn auch dort.

Obwohl sein Höhepunkt vorüber war, hörte es nicht auf, sich schön anzufühlen. Cassian küsste seine Leisten, biss wieder sachte in seine Haut. Seine Zunge kitzelte wieder seinen Bauchnabel. Irgendwann küsste er sein Kinn. Seine Lippen waren kühl und weich, schmeckten salzig.

Samir badete in Schauern und Gänsehaut. Cassians Körper auf seinem fühlte sich so gut an. Er griff nach seinem Gesicht und zog ihn näher zu sich. Während sie sich küssten, zog er sich aus, streifte sich das Hemd ab. Nackt war es noch schöner.

Jede Barriere verschwand, auch der Stoff von Hose und Unterwäsche. Cassians Haut klebte an seiner, rieb an ihm, machte ihn erneut von innen heraus unruhig.

Er spürte ihn an seinem Schoß. Wie er seinen harten Schwanz gegen ihn rieb. »Steckst du ihn in mich rein?« Samir biss sich auf die Unterlippe. »Bitte.« Das gehörte zu seinem Wunsch. Cassian musste ihn erfüllen.

Sie schauten sich an. Cassians Blick wirkte wie verschleiert. Er spürte seinen Daumen an seiner Unterlippe, wie er darüberstrich, warm und rau.

KAPITEL 21 – STIMMEN

S O HAT MICH noch nie jemand darum gebeten, ihn zu ficken«, sagte er. Samir war so anders. Er liebte das. Ohne Schüchternheit hatte er ausgesprochen, was er von ihm wollte.

»Ficken«, wiederholte Samir, so wie er es anscheinend immer tat, wenn er ein neues Wort lernte. Es klang so seltsam dreckig, wenn er es aussprach, mit seiner liebevollen, naiven Stimme.

»Ich hole die Vaseline«, sagte er und küsste Samirs Nasenspitze, ehe er aufstand.

Die Dose war eiskalt in seinen Händen. Eilig kehrte Cassian zum Bett zurück, doch er stieg nicht direkt hinein, sondern genoss noch für einen Moment den Anblick, der sich ihm bot: Samir, wie er auf dem Rücken lag, die Beine weit geöffnet, die eine Hand im Schoß ... man konnte ihm ansehen, dass er sich nur mit Mühe davon abhalten konnten, sich selbst anzufassen. Stattdessen krümmten sich die Finger in die Innenseite seines Oberschenkels. Die andere Hand lag auf seiner Brust.

Er war so wahnsinnig schön.

Cassian kletterte aufs Bett und kniete sich zwischen seine Beine. Samir seufzte schon, als er nur die Finger in ihn hineinschob, um ihn auf sich vorzubereiten. Er verteilte die Feuchtigkeit sorgsam und reichlich, und stellte die Dose auf das kleine Fensterbrett neben sich. Die Nacht würde lang werden ...

»Dreh dich auf die Seite«, sagte er und genoss es, wieder mit seiner Stimme spielen zu können.

»Auf die Seite?« Samir tat, worum er ihn gebeten hatte, wandte aber den Kopf und behielt ihn im Auge. Cassian rückte näher an ihn heran, nahm das obere Bein und hob es an.

Das feuchte Glänzen an Samirs Eingang war die pure Verlockung. Cassian umfasste seinen Schwanz und führte seine Spitze genau dorthin. Er war steinhart. Samir zu verwöhnen hatte ihn wahnsinnig erregt, sein Orgasmus ihn hungrig gemacht. Ja, er wollte wirklich dringend in ihm sein. Ihn ficken, bis diese süße Unschuld, die ihn immer noch umgab, von ihm abfiel.

Samirs Brauen verzogen sich. Er japste, als würde er versuchen, die Luft anzuhalten und doch daran scheitern. Eng und wahnsinnig heiß schmiegte sich Samirs Inneres um seinen Schwanz. Sein Stöhnen klang fast wie ein Schluchzen. Sein Bein zuckte, Cassian hielt es fest, legte er sich auf die Schulter.

Langsam und geschmeidig rollte er das Becken. Es war fast zu liebevoll, um es wirklich einen Fick zu nennen. Aber Cassian wollte sicher sein, dass Samir sich entspannte. Es war *sein* Wunsch gewesen. Es ging hier allein um ihn.

Angestrengt atmend, beobachtete er, wie Samir sich auf die Unterlippe biss. Cassian drängte sich dicht gegen ihn, versenkte sich so tief in seinem hübschen Körper, wie er konnte. Zittriges, süßes Stöhnen war die Antwort.

Ein paar heiße Sekunden lang sah er dabei zu, wie sein Schwanz immer wieder in Samir verschwand.

»Cassian.« Er hob den Kopf, schaute in die halb geschlossenen Augen. »Ich will dich so gerne hören.«

Er schmunzelte und Samir schmunzelte zurück. »Du bekommst alles von mir, was du willst«, wiederholte er sein Versprechen von vorhin.

Seine Muskeln spannten sich, als er fester zustieß. Es fiel ihm beinahe ein bisschen schwer, unsanft zu Samir zu sein, aber der rauere Takt schien ihm zu gefallen. Seine Schenkel bebten und sein Mund stand die ganze Zeit offen, während er verzweifelte Laute von sich gab.

Er machte es ihm leicht, sich fallen zu lassen. So lange hatte er seine Stimme verborgen, Angst vor seiner Heiserkeit gehabt. Sein eigenes Stöhnen jetzt wieder hören zu können, machte ihn peinlicherweise fast genau so sehr an, wie Samirs.

Cassian drückte sein Gesicht an Samirs Bein. Sein Becken prallte immer wieder gegen ihn, und ihm schoss durch den Kopf, dass sich wohl irgendwie alle Männer in Tiere verwandelten, wenn sie so erregt waren, wie er gerade.

So offen, wie Samir vor ihm lag, war es geradezu obszön einfach, seinen Schwanz anzufassen. Er fing an, Samir zu wichsen. Er war immer noch – oder schon wieder – ganz nass. Sein Daumen rieb über die Eichel und Samirs Inneres zog sich so fest um ihn zusammen, dass sich eine Gänsehaut über seinen Hintern zog.

Er hielt es nicht mehr aus.

Samirs Name tropfte von seinen Lippen, als er sich tief in ihm ergoss. Bebend vor ungezügelter Lust machte er so lange weiter, bis seine Beine nachgaben. Vorsichtig drehte er Samir auf den Rücken, schlang die Arme um seinen verschwitzten Körper und legte sich auf ihn. Samirs Beine schlangen sich um seine Hüften, hielten ihn fest. Er wollte bei ihm sein. So nah er konnte und weit über den Sex hinaus.

Cassian küsste seinen Hals, seinen Kiefer, seine Wange. Er wollte nicht, dass das hier vorbei war, und irgendwie hoffte er, dass Samirs Magie dafür sorgen würde, dass diese Nacht niemals endete.

Doch sie tat es.

Am Morgen nach dieser Nacht voller geflüsterter Worte, feuchter Küsse und erfüllter Sehnsüchte, erhob sich die Sonne über die Baumwipfel und ließ noch mehr von der glitzernden Schneedecke schmelzen. Cassian blickte müde hinaus und fragte sich, ob sie ihm damit sagen wollte, dass es Zeit war, zu gehen.

Die Lichtung brauchte er nicht mehr zu finden – Samir hatte ihn geheilt. Seine Stimme war wieder da. Sein Wunsch hatte sich erfüllt. Er konnte es immer noch nicht glauben. Magie.

Vorsichtig berührte er seine Kehle, strich über die glatte Narbe, die auch Samir gestern angefasst hatte, und war so dankbar, dass beinahe erneut Tränen in ihm aufgestiegen wären.

Samir hatte keine Ahnung, wie glücklich er ihn gemacht hatte. Er würde ihm das niemals wirklich danken können. Nie zurückzahlen können.

Cassian strich dem neben ihm schlafenden Mann sachte durchs Haar. Es war ja nicht nur seine Magie, mit der er ihn verzaubert hatte – er hatte ihn gerettet, ihm hier Unterschlupf gewehrt und es mit seiner fröhlichen und offenen Art geschafft, ihn aus der Reserve zu locken. Hier bei ihm hatte er trotz seiner Heiserkeit viel gesprochen, ohne darüber nachzudenken. Sogar vorgelesen. Draußen unvorstellbar.

Jetzt zu gehen ... ein dicker Kloß bildete sich in seinem Hals, als er zur Tür schaute. Langsam schob er sich aus dem Bett.

Samir wachte auf, während er sich anzog. Er streckte sich, wälzte sich müde in den Laken, wurde aber sofort wach, als er bemerkte, was los war.

»Du kannst noch länger bleiben«, bot er ihm an. »Ich mag deine Gesellschaft sehr gerne.« Aber Cassian konnte nur ein dünnes Lächeln erwidern. Wenn er noch länger hierblieb, würde er nie mehr zurückgehen.

»Ich kann nicht ewig hierbleiben.«

»Warum nicht?«

Cassian wusste nicht, was er sagen sollte. Er hatte da draußen sein Leben. Die Karriere, die er jetzt wieder aufnehmen konnte ... ungelebte Träume. Vielleicht konnte er die zerbrochenen Freundschaften wieder aufbauen. Alles würde wie vor dem Unfall werden. Das hatte er sich erhofft, als er wegen der Lichtung in den Wald gestapft war.

Samir wurde still, als er merkte, dass Cassian sich nicht umstimmen ließ. Er brachte ihn dazu, noch einen Tee mit ihm zu trinken, und dann brachen sie auf. Samir führte ihn den Hang hinauf, den er vor ein paar Tagen hinabgestürzt war. Wirklich nicht steil, aber in der meterhohen Schneedecke ein unmöglicher Abstieg. Jetzt kamen sie gut und sicher voran, auch wenn sein Knöchel immer noch ein bisschen zwiebelte.

Oben angekommen war es nicht mehr weit bis zum Ende des Waldes. Bald erschien in der Ferne hinter den Bäumen die Silhouette der Stadt. Samir blieb stehen, bevor sie die letzte Baumreihe durchbrachen, und Cassian wandte sich ihm zu.

Sein Herz war tonnenschwer, als er in Samirs traurig lächelndes Gesicht schaute. Cassian wollte nicht traurig aussehen. Er konzentrierte sich auf die Dankbarkeit, die er für Samir empfand, wollte nicht zulassen, dass es aus einem anderen Grund schmerzte, ihn hinter sich zu lassen.

»Danke für alles, was du für mich getan hast, Samir«, sagte er und obwohl seine Stimme wie neu war, brach sie beinahe. »Unsere ganze Begegnung war Magie. Ich werde das niemals vergessen. Wenn du ... also falls du mal Hilfe brauchst oder raus aus dem Wald möchtest, bist du bei mir jederzeit willkommen.«

Samir nickte. »Ich habe das gern gemacht. Wirklich gern.« Er sprach viel leiser als sonst. Unsicher. Sein Blick hielt ihm nicht lange stand. Er wich ein Stück zurück, schien sich bereits abwenden zu wollen, aber dann hob er den Kopf, als sei ihm etwas eingefallen.

»Ich habe noch etwas.« Er öffnete die Tasche, die er dabei hatte und zog ein eingewickeltes Bündel heraus. »Das ist für dich.«

Cassians Kehle wurde eng. Ein Abschiedsgeschenk? Das passte zu Samir. Dabei hätte *er ihm* etwas schenken müssen.

Vorsichtig nahm er den Gegenstand in die Hand und zog Samir dann in eine Umarmung. Er wollte wirklich nicht gehen. Es wurde jede Sekunde schwerer, an seinem

Vorhaben festzuhalten. Als er sich aus der Umarmung löste, glitzerten Tränen in Samirs Augen. Es war ein schmerzhaftes, letztes Lächeln, das er ihm schenkte.

»Leb wohl, Samir.«

»Beglück die Welt mit deiner Stimme.«

KAPITEL 22 – SCHLAF

SAMIR LIEF ZURÜCK. Gefrorene Gräser knisterten unter seinen Schritten, wo Schatten über dem Wald lag. Dort, wo die Sonne bis zum Boden drang, reckte er den Kopf und wünschte sich, ihre Wärme würde seine Wangen trocknen – doch das reichte nicht. Schniefend nahm er die Hände zur Hilfe, wischte sich trocken. Neue Tränen kamen. Es hörte nicht auf.

Er weinte den ganzen Weg zurück.

Irgendwann erreichte er die Hütte und lehnte sich erschöpft gegen die hölzerne Rückwand. Er fühlte sich so schwach, sein ganzer Körper zitterte. Seine Nase lief. Er wusste, was Traurigkeit war. Auch das war tief in Erinnerungen begraben. Mit seinem Abschied hatte Cassian auch diese zurück in sein Bewusstsein geholt.

Er verstand nicht, warum dieses Gefühl so tief in seinem Körper saß. Von Anfang an war doch klar gewesen, dass Cassian wieder gehen würde. Das war nur natürlich. Menschen lebten in der Stadt, nicht im Wald. Im Wald lebten Tiere.

Fahrig wischte er sich mit dem Ärmel seiner Jacke über die Augen.

Dann ging er nach drinnen, bereitete sich ein Frühstück aus dem Rest an Nüssen und Beeren zu. Schweigend verzehrte er es, saß am Feuer und starrte stumm vor sich hin.

Die Hütte war immer noch warm und gemütlich, doch ohne Cassians Anwesenheit fehlte ihr etwas Entscheidendes. Samir schaute sich um. Sein Blick blieb an dem zerwühlten Bett hängen, wanderte zu der silbernen Dose, die auf dem Fensterbrett stand, dann zu dem kleinen roten Fleck auf dem Boden neben seinem Sessel.

Er stand auf und holte sich die beiden Bücher, die er mit Cassian angesehen hatte. Das Märchenbuch war so schwer und schön. Er schlug es auf und fuhr mit den Fingern über die Zeichnungen, dann über die Buchstaben.

Die Geschichte, die Cassian vorgelesen hatte, blätterte er langsam durch, betrachtete die Schrift, ohne sie lesen zu können. In seinem Geist hörte er Cassians Stimme.

Lange saß er so da.

Dann nahm er das andere Buch und betrachtete die Bilder darin, fuhr die bunten Linien nach. Grashalm für Grashalm. Die Strukturen der Baumstämme. Die Formen der Blätter.

Der Tag verging schleichend. Samir legte neues Holz ins Feuer, saß wieder im Sessel und versank in seinen Gedanken, bis ein ganz bestimmter ihn streifte. Er steckte die Hand in die Ritze zwischen Sitzpolster und Armlehne und zog den grob geschnitzten Fuchs heraus.

Er war doch wirklich gar nicht so übel geworden.

Schon wieder musste er die Lippen aufeinanderpressen.

Cassians Lachen schien durch die Hütte zu schallen, doch wenn er sich umsah, war niemand da. Natürlich nicht.

Samir atmete tief durch. Er stand auf und stellte den Fuchs oben auf den Kamin. Dann zog er sich aus und rollte sich direkt hier, auf dem Fellteppich, in der Wärme des Feuers zusammen.

Am Morgen war das Feuer aus und Samir fror. Mit verspannten Gliedern schleppte er sich hinüber zum Bett und legte sich hinein. Cassians Geruch ließ ihn wohlig einschlafen und traurig wieder erwachen.

Er schlief bis zum Abend des nächsten Tages, weil zu schlafen einfacher war, als wach zu sein. Dann ging auch das nicht mehr. Draußen vor dem Fenster schneite es wieder. Der Wald legte sich eine neue Decke zu.

Noch einmal glitt Samirs Blick durch die leere Hütte.

Dann stand er auf und ging ohne Kleidung nach draußen.

KAPITEL 23 – CASSUS

CASSIAN HATTE DEN Lärm der Stadt nicht vermisst. Das Klingeln seines Weckers verdeutlichte ihm, dass die Realität ihn zurückhatte. Ganz ohne Magie.

Er war vom Waldrand aus über das Feld gestapft, genau wie auf dem Hinweg. Dann durch ein paar Straßen, am Industrieviertel vorbei. Der Ersatzschlüssel für seine Wohnung war immer noch an Ort und Stelle gewesen und in seinen Zimmern alles unberührt. Niemand hatte sie gestürmt oder nach ihm gesucht.

Theoretisch war er nie weg gewesen.

Den ersten Tag hatte er sich genommen, um runterzukommen. Er hatte Nachrichten gelesen, ein bisschen ferngesehen, im Internet gesurft, sein Handy geladen, und – was eigentlich am wichtigsten war – eine richtig geile Pizza aus dem Tiefkühler befreit und im Ofen gebacken. Definitiv der Höhepunkt des Tages.

Nun war das Handy geladen und wieder im Einsatz.

Cassian drehte sich mürrisch auf die Seite und schaltete es an.

Für heute hatte er sich vorgenommen, sein Leben wieder aufzunehmen. Sich bei allen zu melden, die ihn vielleicht vermisst haben könnten, sich bei Leuten zu entschuldigen, die er verletzt hatte, als er so down gewesen war ... Und dann war da noch das Tonstudio, das ihm vor seinem Unfall eine Chance hatte geben wollen, da musste er auch unbedingt vorstellig werden.

Aber eins nach dem anderen.

Cassian öffnete zuerst den Chat mit seiner Freundesclique und tippte eine Nachricht. *Sorry, brauchte eine Auszeit und bin ein paar Tage abgetaucht. Lebe aber noch. Was habe ich verpasst?*

Während die Worte wirken konnten, stand er auf und ging Zähne putzen. Als er dann wieder aufs Display schaute, zeigte die App zwar an, dass alle die Zeilen gelesen hatten, aber niemand antwortete.

Nicht mal ein dummes GIF bekam er als Reaktion.

Vielleicht war es noch zu früh am Morgen.

Er kochte sich einen Kaffee und genoss ihn mit Milch und Zucker. Dann beschloss er, direkt zum Tonstudio zu gehen, statt anzurufen oder zu mailen. Sie sollten *sehen*, dass es ihm gutging. Dass er neue Energie hatte und seine Stimme wieder toll klang.

Ja, das war eine gute Idee.

In der Bahn schrieb er auch seiner Mutter. Während er auf eine Antwort wartete, scrollte er in ihrem Chat nach oben und las die ganzen bitteren Texte, die sie in den letzten Wochen und Monaten ausgetauscht hatten.

Ich wünschte, du würdest einsehen, dass das nichts Richtiges ist.

Du bildest die viel zu viel auf deine Stimme ein. Arbeit wird mit den Händen verrichtet, Cassian.

Weißt du, ich war ja gegen diesen Namen. Er hat keine gute Bedeutung und das hat Einfluss auf ein Kind. Dein Vater wollte dich unbedingt so nennen, weil er den Klang schön fand.

So viele Gespräche und so viele schlechte Erinnerungen. Ernüchtert ließ er das Telefon sinken. *Cassus* bedeutete leer, hohl oder eitel. Das hatte sie ihm öfter erzählt und anscheinend nie gemerkt, dass es wehtat, von der eigenen Mutter zu hören, dass diese Eigenschaften einen ihrer Meinung nach beschrieben.

Seinen Berufswunsch hatte sie nie verstanden, ihm oft vorgeworfen, er wolle mit seiner Stimme arbeiten, weil er es sich leicht machen wollte. Nicht mit den Händen arbeiten, nicht schmutzig werden, nicht studieren und Prüfungen ablegen. Darüber hatten sie oft gestritten. Nach dem Unfall war der Kontakt beinahe komplett eingeschlafen, weil er einfach keine Kraft mehr gehabt hatte, sich zusätzlich zu seinem Schmerz auch noch mit ihrer Negativität auseinanderzusetzen.

Er hätte jetzt gut eine Ablenkung gebrauchen können. Der Weg zum Studio war leider etwas weiter und so hatte er zu viel Zeit zum Nachdenken. Doch im Freundeschat tat sich immer noch nichts – wobei, doch, Mike tippte gerade. Gespannt betrachtete Cassian den Chat.

Burgler verklagt seinen Chef, habt ihr das schon mitbekommen?

Stirnrunzelnd starrte er auf die Worte. Mike schickte noch einen Link zu einer Nachrichtenseite, dann ein YouTube-Video und die anderen antworteten ihm. Sofort waren alle am Start und tippten sich die Finger wund.

Cassian blinzelte verwirrt. Es war, als hätten sie ihn einfach überlesen. Dabei wusste er ja, dass sie seine Nachricht empfangen hatten. Und es war auch nicht so, als wäre Mikes Nachricht so kurz nach seiner gekommen, dass sie einfach untergegangen war.

Nein, sie hatten sich bewusst entschieden, ihn zu ignorieren. Das musste er erst mal schlucken.

Mit verhärteter Miene öffnete er einen Privatchat mit Andy, seinem eigentlich besten Freund, der ebenfalls über diesen komischen Prozess quatschte.

Hey Mann, ich weiß, dass ich in den letzten Wochen anstrengend war. Der Unfall und alles hat mich so runtergezogen ... versteh schon, wenn ihr darauf keinen Bock habt, aber mir gehts besser und ich entschuldige mich. Würdest du kommen, wenn ich eine kleine Party schmeiße?

Die Nachricht wurde gelesen und für ein paar Sekunden passierte nichts. Dann erschienen die drei Punkte, die anzeigten, dass Andy tippte. Erleichtert lehnte Cassian sich zurück. Wenigstens wurde er nicht geghostet.

Der Bahnwaggon schaukelte hin und her. Cassian musterte die anderen Menschen, die Zeitung lasen und ebenfalls auf ihren Handys herumtippten. Die meisten waren auf dem Weg zur Arbeit. Er ja irgendwie auch. Hoffentlich.

Die neue Nachricht ließ sein Smartphone vibrieren.

Freut mich echt, wenns dir besser geht, Cas. Aber partymäßig sieht es schlecht aus. Bin voll am Arbeiten. Keine Zeit für sowas.

Das war alles. Cassian wusste, dass es eine Ausrede war. Natürlich arbeiteten sie alle, aber zu einer Party hatte Andy noch nie Nein gesagt.

Sind wir keine Freunde mehr?, schrieb er zurück. Er hatte keine Lust auf dieses Herumgetanze.

Doch, klar, aber man muss halt schauen, wie man seine Zeit einteilt. Ich hab auch noch andere Freunde und andere Sachen zu tun. Und seien wir ehrlich – du hast in letzter Zeit ständig andere Launen.

Launen. Sein ganzes Leben war über ihm eingestürzt.

Andy tippte weiter.

Wir hatten alle ein bisschen das Gefühl, dass du dich zu sehr in den Mittelpunkt drängst. Nicht nur ich. Das haben alle gesagt. Und das kommt nun mal nicht gut an.

Er hatte sich in den Mittelpunkt gedrängt? Weil er fertig gewesen war, nachdem die OP, in die er nach seinem Unfall alle Hoffnungen gesetzt hatte, schiefgegangen war? Er wusste überhaupt nicht, was er dazu noch sagen sollte.

Du hast getan, als wäre dein Leben vorbei. Dabei warst du nur heiser. Anderen ist viel Schlimmeres passiert. Weißt du, wie undankbar das rüberkommt?

Okay, das musste er sich nicht geben. Dieser Mann verstand ihn offensichtlich überhaupt nicht und Cassian fragte sich ernsthaft, ob es jemals anders gewesen war. Natürlich war er dankbar, nicht gestorben zu sein, auf dieser Kreuzung nicht überfahren worden zu sein, aber seine Stimme war nun mal wichtig für ihn gewesen. Die Grundlage für alle seine Pläne und Träume und Wünsche ... und die wichtigste Verbindung zu seinem verstorbenen Vater.

Dass er und die anderen seine Frustration und den Kampf mit seiner Trauer und Verzweiflung als unnötiges Wichtigmachen verstanden hatten, versetzte ihm einen Tiefschlag.

So viel zu dem dringenden Wunsch, sich bei seinen Leuten zu melden. Am Arsch.

Er steckte das Handy ein und vertiefte sich für den Rest der Fahrt in seine Gedanken. Dass die allerdings immer wieder zurück in den Wald schweiften, machte sein Herz nicht leichter.

Cassian dachte an Samir. Was er wohl jetzt machte? Bestimmt saß er vorm Feuer und schnitzte. Einen Hirsch mit einem perfekten, großen Geweih. Oder er kochte Tee und ersann ein leckeres Beerenmus-Rezept. Vielleicht war er auch rausgegangen und sammelte Nachschub. Oder er genoss einfach nur die Schönheit und Ruhe der Natur. Die wünschte er sich ehrlich gesagt auch gerade hierher.

KAPITEL 24 – VERSCHWINDEN

IE NERVOSITÄT HOLTE ihn vor der Tür des Tonstudios ein. Bis hierher hatte er sich selbstbewusst und stark gefühlt, aber jetzt war er sich doch nicht mehr so sicher, wie sein Auftritt rüberkommen würde.

Hielt er sich doch für zu wichtig?

So wichtig, dass er annahm, sie würden ihn wieder aufnehmen, weil seine Stimme so besonders und unverzichtbar war?

Seit er aus der Kartei geflogen war, hatten sie bestimmt zehn neue Talente gefunden, die nicht durch Unfälle und Operationen aus der Bahn geworfen und zum Pausieren gezwungen waren.

Cassian atmete durch. Er war nicht den ganzen Weg hergefahren, um einfach wieder umzukehren. Er musste wenigstens Hallo sagen, ihnen zeigen, dass seine Stimme wieder funktionierte. Wenn kein Interesse mehr bestand, würden sie ihm das schon mitteilen. Andy hatte ja auch nicht gezögert, ihm klarzumachen, dass er keinen großen Wert mehr auf ihren Kontakt legte.

Also drückte er die Klingel und wischte sich die verschwitzten Hände an der Hose ab. Ganz aufrecht stand er da, setzte ein Lächeln auf, räusperte sich, damit seine Stimme direkt einsatzbereit wäre.

Es war Layla, die ihm öffnete. Perfekter ging es nicht, schließlich war sie diejenige, die ihn die ganze Zeit hier betreut hatte.

»Hallo, oh, Cassian! Wie schön, dich zu sehen.« Sie schüttelte sofort seine Hand und wirkte ehrlich erfreut. Der erste gute Moment des Tages. Cassian ließ sich hereinbitten. »Was treibt dich her? Willst du ein bisschen in der Regie zusehen?«

»Eigentlich wollte ich«, begann er, aber sein Hals kratzte so sehr, dass er nochmal husten musste. Wie ärgerlich. Er hatte ihr doch seine zurückgewonnene Stimme präsentieren wollen. Neuer Versuch. »Ich wollte dir und euch berichten, dass ...« Er griff sich an den Hals. Es wurde nicht besser mit dem Kratzen.

Angespannt sah er Layla an. Mitleid regte sich in ihrem Blick. Sie winkte ihn hinter sich her. »Komm erstmal mit, wir müssen nicht hier im Flur herumstehen. Drinnen gibt es auch Kaffee. Oder Tee, wenn du magst.«

Mit klopfendem Herzen folgte er ihr durch den kleinen Gang und dann hinein in das Zimmer der Regie. Hier gab es unheimlich viele Regler für die ganzen Tonkanäle, mehrere Computerbildschirme und ein großes Headset, das auf dem Tisch ruhte, und mit dem die Regie normalerweise mit dem Sprecher nebenan in der Kabine kommunizierte. Bis jetzt kannte er das alles nur aus der anderen Perspektive.

Layla ließ ihn auf einem der Hocker platz nehmen und schenkte ihm Kaffee ein.

»Also, ganz in Ruhe«, sagte sie und lächelte. »Was kann ich für dich tun?«

Cassian nahm einen Schluck von dem Getränk, räusperte sich noch einmal und setzte neu an. Konnte ja nicht wahr sein, dass seine Nervosität ihm so einen Strich durch die Rechnung machte.

»Meine Stimme hat sich wie durch ein Wunder erholt und deswegen wollte ich ...« Es wurde nicht besser. Das bildete er sich nicht ein – es stand auch in Laylas Gesicht geschrieben. Nicht nur er hörte das heisere Krächzen. Sie tat es auch. Noch einmal räusperte er sich. »Deswegen wollte ich vorbeikommen, und ...«

Mit einem Mal klopfte sein Herz so laut und schnell, dass ihm schwindelig davon wurde. Er fühlte sich so schwach, dass er fast vom Hocker rutschte, aber Layla hielt ihn an der Schulter fest.

Sie war wieder fort. Seine Stimme war wieder fort. Er bekam nur noch diese heiseren Geräusche heraus. So wie vorher. Von wegen erholt. Das durfte nicht sein. Wie konnte er sie schon wieder verlieren? Er hielt das nicht aus.

Zittrig hielt er die Tasse in beiden Händen fest und starrte hinein. Hatte er das nur geträumt? War was passiert? Sie durfte nicht weg sein. Er machte sich hier vollkommen zum Affen. Layla würde ...

Eine Hand lag auf seiner Schulter und tätschelte sie.

»Ich bin froh, wenn es dir etwas besser geht, Cassian«, sagte sie freundlich. Dass sie sich nicht über sein Krächzen lustig machte, rechnete er ihr hoch an. Aber das änderte nichts an seinem Sturz ins Bodenlose.

Er presste die Lippen aufeinander und wagte es nicht, noch etwas von sich zu geben. Er war kaum zurück und sein Leben fiel erneut auseinander. Er hatte gedacht, er könnte neu anfangen. Jetzt saß er wieder im Tonstudio und war nutzlos.

»Vielleicht wäre es eine Überlegung wert, in der Regie zu lernen, statt direkt in der Kabine«, sagte Layla nach einer Weile und drückte nochmal seine Schulter. Ihre andere Hand glitt über das Pult. »Du verstehst viel von Geschichten und Ausdruck, und vom Einsatz einer guten Stimme. Hier könntest du dein Talent anwenden.«

Er schluckte den Kloß in seinem Hals herunter, so weit es ging.

Was Layla da vorschlug, ergab Sinn und es war furchtbar nett – das erkannte er selbst durch den Schock hindurch. In der Tonregie zu arbeiten wäre eine Alternative, auch wenn es nicht das war, was er sich gewünscht hatte.

Sein Blick flog über die vielen Regler und dann zur Scheibe, die die Regie von der Sprecherkabine trennte. Es wäre eine Möglichkeit, aber ...

»Danke«, quälte er hervor. »Das ist ein guter Vorschlag.« Jede Silbe war ein Kampf. Er hatte sie verloren. Seine Stimme war nicht zu heilen. Auch nicht mit Magie. Was hatte er sich dabei gedacht? War er auf Drogen gewesen? Seine Erlebnisse im Wald ... vielleicht alles nur ein Trip? Er fasste sich an den Kopf. »Ich glaube, mir geht's doch nicht so gut heute.«

Layla nickte. »Ich arrangiere gerne etwas mit der Regie, wenn du dich besser fühlst«, sagte sie. »Das meine ich wirklich ernst. Du bist hier willkommen.«

Er zwang seine Mundwinkel zu einem Lächeln und stand auf.

Schon bezeichnend, dass diese Vollkatastrophe von einem Bewerbungsgespräch noch das Beste war, was er an diesem Tag erlebt hatte. Layla war einfach zu freundlich zu ihm. Oder sie hatte übermäßig viel Mitleid.

Cassian verabschiedete sich und fuhr mit der Bahn nach Hause.

Auf dem Heimweg verlor er sich wieder in den Chats, in denen niemand auf seine Nachrichten einging. Er scrollte hoch und tauchte in seine Vergangenheit ein, hinterfragte jede einzelne Zeile.

Eine Weile las er sich durch, wie die anderen über die Sache mit dem verklagten Chef redeten, doch es interessierte ihn einfach nicht. Das alles war ihm so egal. Diese Leute waren ihm so egal.

Als er zurückgekehrt war, hatte er gedacht, er müsse sich vor allem, um einen neuen Job kümmern – jetzt wusste er, dass er auch neue Freunde ... quasi eine neue Familie brauchte.

Bald betrat er wieder seine Wohnung und merkte, dass er sich kaum zu Hause fühlte. Endlich sicher vor der Außenwelt – ja –, aber nicht wie in einem echten Heim. Ein echtes Heim musste einen Kamin haben und jemanden, der ihn mit einem Lächeln begrüßte und in den Arm nahm.

Cassian verfluchte sich selbst für diesen Gedanken. Das war doch alles Bullshit. Er hatte doch gemerkt, was ihm der Glaube an Märchen gebracht hatte.

Missmutig stapfte er durch die Wohnung, aß kalten Toast mit kalter Wurst und starrte in den Fernseher. Draußen schneite es wieder.

Obwohl er es sich verboten hatte, dachte er an Samir. Der Kerl sollte sich ein Handy zulegen ... er hätte jetzt wirklich ein paar liebe Worte von ihm gebrauchen können.

Immer wieder dachte er an das Bündel, das er ihm mitgegeben hatte, hielt sich aber davon ab, aufzustehen und es zu holen. Den ganzen Abend kämpfte er mit sich, ohne wirklich einen Grund dafür zu haben. Wahrscheinlich war es ein Glas mit Beerenmus oder so ... vielleicht würde es ihm besser gehen, wenn er es auspackte?

Cassian stieß den Atem aus. Er hatte Angst vor dem Geschenk.

Noch eine ganze Weile saß er wie angewurzelt da, ehe er schließlich doch aufstand und es holte.

Ein Aufbewahrungsglas war es nicht, das fühlte er schon an der Form. Vorsichtig wickelte er das Papier ab, Schicht für Schicht. Es knisterte leise. Kein Vergleich zum Knacken des Feuers im Kamin, aber ein bisschen erinnerte es ihn doch daran.

Schließlich hielt er den geschnitzten Hirsch in der Hand und musste hart die Lippen aufeinanderpressen. Samir hatte ihn noch ein bisschen bearbeitet und abgeschliffen. Und das Geweih verkleinert. Es war jetzt keine riesige, majestätische Krone, sondern ein kleiner, süßer Kopfschmuck. So wie er ihn selbst getragen hatte, nachdem er sich verwandelt hatte.

Cassian strich über den Körper der Figur, über den Hals und den detailliert geschnitzten Kopf. Tränen sammelten sich in seinen Augenwinkeln. Dieser Hirsch war so schön. Aber das war es nicht, was ihn so bewegte.

Wieso bin ich nicht bei dir geblieben?

KAPITEL 25 – ZÖGERN

E R KONNTE NICHT zurückgehen. Wie sollte das aussehen? Sollte er für immer in einer Hütte im Wald leben, Beerenmus essen und Tee trinken, mit Samir Geschichten lesen, lange Spaziergänge in der Natur machen und zwischendurch Sex haben?

Das taugte für einen Urlaub, aber nicht für ein ganzes Leben.

Cassian schnaufte.

Der Hirsch stand vor ihm auf dem Tisch und schaute in die Ferne, als würde ihn das nicht betreffen.

Nein, er konnte nicht schon wieder weglaufen. Er musste da durch. Sich fangen und dann Laylas großzügiges Angebot annehmen. So schlecht klang es ja gar nicht und sie war wirklich lieb.

Er konnte dort erstmal ein Praktikum machen. Neue Freunde würde er schon finden – die ganze Stadt war voll von coolen Leuten. Und Sex konnte er auch haben, schließlich sah er ganz gut aus und war jung. Beerenmus gab es bestimmt im Supermarkt.

Er ging mit dem festen Entschluss schlafen, dass er sein Leben auf die Reihe kriegen würde. Doch am Morgen dachte er nicht an den Supermarkt und die Nachtclubs und sein mögliches Praktikum bei Layla, sondern nur an das hübsche Lächeln, das er so sehr vermisste, dass ihm das Herz nur bei dem Gedanken daran schwer wurde.

Ihm fehlte Samir, und zwar nicht nur ein bisschen.

Müde stapfte Cassian durch die Wohnung. Ob Samir wusste, was ein Fernseher war? »Fernseher«, sprach er vor sich her. Er hasste seine heisere Stimme, aber Vokabeln zu murmeln, beruhigte ihn gerade ein bisschen. So kam er durch den Morgen.

»Kaffeemaschine.«   »Tageszeitung.«   »Bescheuerte Schlagzeilen.«

Er versuchte wirklich, wieder in dieses Leben hineinzukriechen, aber es kam ihm vor wie ein viel zu enges, unbequemes und noch dazu hässliches Kleidungsstück.

Ziellos lief er durch die Straßen. Er hatte ins Fitnessstudio gehen wollen, aber die Motivation dazu hatte er sich selbst nur vorgespielt. Er könnte da vielleicht neue Kontakte schließen und Sport setzte ja Endorphine frei, die er gerade gut gebrauchen könnte, aber ... Mann, er wollte da nicht hin.

Er wollte ganz woanders hin.

Konnte er einfach zurückgehen?

Samir hatte ihn gebeten, zu bleiben, und er war trotzdem gegangen. Sein unendlich trauriges Gesicht sah er jetzt noch vor sich. Würde Samir sich freuen, wenn er zurückkam oder hatte er ihm zu sehr wehgetan?

Und wenn er zurückging ... dann wäre das für eine lange Zeit, nicht für ein paar Tage. Konnte er das machen? Er schluckte und sah sich auf der Kreuzung um, auf der er gerade stand.

Dieses Leben hier – würde ihm das wirklich fehlen? Auf was würde er verzichten? Auf WLAN. Das war sicherlich ein Nachteil, wenn man in einer einsamen Waldhütte lebte. Aber was brachte ihm die Verbindung zur ganzen Welt, wenn sie ihm sowieso gestohlen bleiben konnte?

Restaurants und Bars ... Nachtclubs ... ein richtiger Job. Es gab viele Dinge, die er vielleicht vermissen könnte. Aber konnte er irgendetwas davon so sehr vermissen, wie gerade jetzt Samirs Umarmung?

Cassian schüttelte den Kopf und ging zurück nach Hause. Dort zog er seine Reisetasche unter dem Bett hervor und packte.

Den Weg bis zum Waldrand hatte er mit energischen Schritten zurückgelegt und sogar so etwas wie Energie in sich gefühlt. Das hier war die richtige Entscheidung. Er würde Samir wiedersehen. Der Gedanke trieb ihn an.

Das hier musste ungefähr die Stelle sein, an der er den Wald erst vor Kurzem verlassen hatte. Hier hatten sie gestanden und sich verabschiedet. Cassian stapfte eilig voran, die Tasche baumelte an seiner Schulter.

Es hatte wieder ordentlich geschneit und seine Füße sanken bei jedem Schritt ein paar Zentimeter in den Schnee ein. Es war dasselbe Knirschen wie am ersten Tag, als er auf der Suche nach der verzauberten Lichtung gewesen war.

Bald erreichte er den flachen Abhang und machte vorsichtig einen Schritt nach dem anderen, hielt sich an den Baumstämmen fest und hangelte sich so voran. Er musste auf jeden Fall nach unten. Die Hütte musste irgendwo in dieser Richtung liegen.

Es war kalt hier draußen. Cassian war dankbar für die dicken Handschuhe, die er trug, und die Wollmütze, die er aus dem hintersten Winkel seines Garderobenschrankes gezogen hatte.

Entschlossen stapfte er voran, umrundete einen querliegenden Ast und schaffte es sogar nach unten, ohne wieder zu fallen.

Der Schnee fiel immer dichter. Alles war weiß. Weiß wie ein neuer Anfang. Cassian sah sich um. Hinter dem dicken Flockenvorhang konnte er nicht viel erkennen. Es fiel ihm schwer, sich hier zu orientieren, aber er folgte seinem Gefühl.

Die Hütte lag tiefer im Wald. Irgendwo da hinten.

Obwohl es gute Stiefel waren, weichten sie langsam aber sicher durch. Er hätte sie wohl frisch imprägnieren sollen, bevor er losging, aber er hatte es auf einmal so eilig gehabt.

Cassian keuchte vor Anstrengung. Wie lange irrte er schon durch den verschneiten Wald. Fragend hob er den Kopf. Über den nackten Ästen der Laubbäume und den Spitzen der Tannen lag ein Himmel, der von der Dämmerung rötlich und orange eingefärbt war.

Kein Wunder, dass er erschöpft war.

Wo war denn nur die Hütte?

An einem breiten Baumstamm hielt er inne und wischte sich mit dem kalten, nassen Handschuh übers Gesicht. Seine Nase war schon taub. Er atmete ein paar Mal in die Hand, um die Wärme seines Atems auf der Haut zu spüren, und ging weiter.

Hatte er das Häuschen übersehen? Stimmte die Richtung überhaupt?

»Samir?« Er wollte eigentlich laut rufen, aber sein Krächzen kam nicht weit.

Cassian verzog das Gesicht.

Inzwischen bibberte er. Kälte und Nässe krochen durch seine Kleidung und Angst begann an seiner Entschlossenheit zu nagen. Was, wenn er sich verlaufen hatte? Wenn er weder die Hütte, noch den Weg nach draußen wiederfand?

Das wäre nicht passiert, wenn du bei ihm geblieben wärst. Du hast dich doch schon beim ersten Mal in Lebensgefahr gebracht, du Idiot. Wieso dachtest du, es würde dieses Mal besser laufen?

Grimmig kämpfte er sich voran.

Endlich kam etwas in Sicht, das wie ein Gebäude aussah. Ja, das war die Hütte. Gott sei Dank. Cassian watete durch den Schnee voran und mobilisierte sogar etwas Kraft, um ein paar Schritte zu rennen.

Die Tür war nicht abgeschlossen. Er riss sie auf und stürzte hinein.

»Samir!«

Niemand antwortete ihm.

Das Feuer im Kamin war aus, die Hütte dunkel. Auch das Bett war leer und niemand saß in dem Sessel oder auf dem Fellteppich. Samir war nicht da.

Enttäuscht stieß Cassian den Atem aus. Immerhin war er angekommen. Wahrscheinlich war Samir unterwegs und sammelte neue Nahrung. Er stellte die Tasche ab und kniete sich vor den Kamin, um Feuer zu machen.

Die nassen Handschuhe zog er sich von den Fingern, wärmte seine Hände an den knisternden Flammen. Ja, das war besser.

Ein Lächeln legte sich auf sein Gesicht, als er sich vorstellte, wie das sein würde, wenn Samir heimkehrte. Bestimmt würde er sich freuen. Hoffentlich. Er konnte sich Samir irgendwie nicht nachtragend und böse vorstellen. Er musste ihm verzeihen – und wenn nicht, dann würde er alles dafür tun, dass er es doch tat.

Die Hütte wärmte sich auf und Cassian mit ihr. Nervös ging er in der Hütte auf und ab, machte das Bett und spülte ein paar Sachen in der Küche ab, aber viel war nicht zu tun. Schließlich stand er wartend am Fenster und starrte hinaus.

Wann kam Samir nach Hause? Er hielt das Warten nicht mehr aus.

Seine Ungeduld spann sich dutzende Szenarien zusammen. Von überschwänglichen Umarmungen, ungestümen Küssen und albernen Freudentänzen. Doch der Himmel wurde immer dunkler und Samir kam nicht.

KAPITEL 26 – LICHTUNG

EIN SCHLECHTES GEFÜHL breitete sich in seinem Magen aus und drückte bald auch in seiner Brust. Dort, wo sein Herz schlug.

Warum tauchte Samir nicht auf? Ihm war doch draußen nichts passiert, oder?

Er kannte den Wald so gut ... auf ihrer Suche nach der Lichtung, hatte er sie problemlos geführt und nie den Eindruck gemacht, als hätte er auch nur den kleinsten Zweifel, wie sie wieder heimkehren würden.

Und wenn er hingefallen war und jetzt irgendwo im Schnee erfror?

Der Gedanke stach so schmerzhaft, dass Cassian sich den Mantel wieder überwarf, in die Stiefel schlüpfte und die Handschuhe anzog. Nichts davon war vollständig getrocknet in der kurzen Zeit, aber das war egal.

Er musste Samir suchen gehen.

Nur noch ein kurzer Blick über die Schulter, bevor er durch die Tür trat. Sollte Samir zurückkehren, während er ihn suchte, würde er zumindest wissen, dass er hier gewesen war. Davon sprachen ja die Tasche und das Feuer im Kamin.

Er trat über die Schwelle.

Eisig wehte ihm die Nachtluft entgegen. Viel kälter als vorhin noch. Cassians Miene verhärtete sich. Er wusste gar nicht, wo er nach Samir suchen sollte, aber er war fest entschlossen, ihn zu finden.

Als er sich für eine Richtung entschied, folgte er einfach seinem Gefühl. Samir musste irgendwo da draußen sein. Vielleicht war er gar nicht weit weg. Ja, vielleicht konnten sie sich gleich wieder in die Arme schließen. Das wünschte er sich wirklich.

Cassian hämmerte sich in den Kopf, wo die Hütte lag und konzentrierte sich dann darauf, seine Umgebung zu untersuchen. Der Schneefall machte es unmöglich, irgendwelche Spuren zu finden oder weit zu sehen, aber vielleicht konnte er Samir ja hören?

Alle paar Schritte blieb er kurz stehen und lauschte, doch ohne Erfolg.

Das Knarren des Schnees, das er am Anfang so gemocht hatte, störte ihn bald. Wo war Samir denn nur?

Inzwischen war es finster im Wald und allein der leuchtend weiße Schnee und das Mondlicht machten es möglich, genug zu erkennen, um trotzdem hier unterwegs zu sein.

Es hätte ein schöner Anblick sein können, aber im Moment spürte Cassian vor allem Angst und Unsicherheit. Ihm war dieser Wald fremd und er sorgte sich um Samir.

Bald begann er wieder, seinen Namen zu rufen – so gut es mit seiner Stimme ging. Eine Antwort kam nie. Wenigstens hörte es auf, zu schneien. Nun konnte er etwas besser sehen. Neue Hoffnung keimte in ihm auf.

Die Kälte ignorierte er, obwohl sie seine Zähne klappern ließ. Dann bekam er eben eine verdammte Erkältung. Bestimmt hatte Samir irgendwelche tollen Kräuter im Vorrat, die Krankheiten kurieren konnten.

Auch sein Knöchel fing wieder an, zu schmerzen, aber das war alles egal. Er wollte ihn nur finden. Ihn finden und mit ihm zurückkehren in die Wärme der Hütte.

Dort hinten lichteten sich die Bäume ein wenig und Cassian glaubte auch, eine Bewegung wahrzunehmen. Hoffnungsvoll stapfte er darauf zu. Vor ihm lag eine große Lichtung, fast ein perfekter Kreis. An den Rändern wuchsen Sträucher und Blumen, die unter der Schneedecke schlummerten. Lichter schwirrten durch die Luft, obwohl es viel zu kalt für Glühwürmchen sein musste.

Stirnrunzelnd sah Cassian sich um. Dort hinten an dem Baum war ein Schatten, der nicht zu einem Baum gehörte. Mit angehaltenem Atem ging Cassian näher heran. Aber das war kein Mensch.

Sein Herz klopfte angespannt. Hoffentlich hatte er kein wildes Tier aufgeschreckt. Einen Wolf oder ... nein, dafür war die Silhouette zu gestreckt. Das war eher ein ... Hirsch?

»Samir?«, fragte Cassian und ging nun doch näher heran. Auch wenn es nicht Samir war – ein wilder Hirsch würde ihn schon nicht umbringen, oder?

Das Tier hob den Kopf.

Es war groß. Zu groß für Samir? Cassian versuchte, sich daran zu erinnern, wie Samir in seiner Hirschgestalt ausgesehen hatte.

»Bist du das?«

Noch ein Schritt näher. Das Tier stand einfach nur da, sah ihn an. Cassian musterte sein Geweih und wagte ein Lächeln. Ja, das sah aus wie das von Samir.

»Du bist es«, antwortete er sich selbst und ließ es zu, dass seine Freude ihn weiter nach vorn trieb, auch wenn er immer noch ein bisschen Angst vor der großen Gestalt hatte. Und davor, dass er sich irren könnte.

In den letzten zwei Tagen hatte er sich ziemlich oft geirrt.

»Ich bin wieder da«, sagte er heiser und streckte vorsichtig die Hand nach dem Hirsch aus. Er wollte ihn berühren. Wissen, dass er sich das nicht einbildete.

»Ich war schon an der Hütte. Dann habe ich mir Sorgen um dich gemacht.«

Vorsichtig streichelte er den Kopf seines Hirsches.

»Was machst du denn hier, hm? Lass uns zurückgehen, ja? Es ist eiskalt.«

Die seltsamen Lichter schwirrten um sie herum. Cassian schenkte Samir ein Lächeln. »Es tut mir leid, dass ich gegangen bin. Ich dachte, dass ich in mein altes Leben gehöre, schließlich war das immer so, aber ... vielleicht bedeutet Zeit viel weniger, als ich mir eingebildet habe. Wie könnte es sonst sein, dass ich nur ein paar Tage bei dir war und du dich trotzdem schon wie *zuhause* anfühlst?«

Er merkte, dass er schon wieder weinen wollte.

»Verzeihst du mir? Ich werde jetzt bleiben, okay? Wenn ich noch darf.«

Samir schob ihn ein Stück von sich weg und Cassian stolperte zwei Schritte rückwärts. Mit klopfendem Herzen sah er ihn an. Wollte er, dass er ging?

Fahrig wischte er sich über die Augen.

Nein. Samir schickte ihn nicht weg. Er ging in die Knie, neigte den Kopf zur Seite.

»Willst du mich tragen?«, fragte Cassian ungläubig. Dann musste er lachen. »Du nimmst es mir wohl wirklich übel, dass ich gesagt habe, du könntest das nicht.«

KAPITEL 27 – ZUHAUSE

SOBALD CASSIAN VON ihm abgestiegen war, verließ ihn die Kraft. Seine Beine knickten ein und weigerten sich, ihn auch nur einen weiteren Schritt zu tragen.

»Samir?« Cassians besorgte Stimme drang wie durch eine dicke Schicht Watte an sein Ohr. Als hätten ihn die Schneemassen niedergedrückt und zugedeckt. Samir wollte antworten, aber er war zu schwach. Seine Welt wurde einfach nur schwarz.

Er erwachte in einem Bett, das ganz wunderbar roch, und als er träge die Augen öffnete, wusste er auch, woher das kam – Cassian lag direkt vor ihm und hatte die Arme um ihn geschlungen.

Dann hatte er das nicht geträumt?

Glücklich rutschte Samir nach vorn, tiefer in die Umarmung. Mit einem tiefen Seufzen legte er den Kopf an Cassians Brust. Wohlige Wärme hüllte seinen nackten Körper ein. Seinen Menschenkörper. Die Magie musste ihn verlassen haben, als er ohnmächtig geworden war.

»Wie geht es dir?« Cassians Stimme war wieder heiser. Das war ihm vorhin gar nicht bewusst gewesen. Sein Zauber war wohl nicht von Dauer gewesen.

»Sehr sehr gut.«

Cassian drückte ihn sachte und strich ihm durchs Haar. »Ich hätte dich fast nicht gefunden. Als ich zurückkam, warst du nicht hier. Und ich bin nach wie vor so schlecht darin, mich in diesem Wald zu orientieren.«

»Du hast mich gefunden.«

»Ich hatte Glück. Schon wieder.« Cassian drückte einen Kuss auf seine Stirn und Samir lächelte fröhlich. »Warum warst du überhaupt da draußen? Als Hirsch?«

Eigentlich wollte er darüber am liebsten gar nichts sagen. Aber er wollte auch keine Geheimnisse vor Cassian haben. »Es hat sich falsch angefühlt, hier zu sein, wenn du es nicht bist. Also ging ich zurück in den Wald. Ich glaube, ich habe deine Lichtung gefunden.«

»Meine Lichtung?«

»Ich habe dort die Magie gespürt.«

Cassian schwieg einen Moment. Er schien nachzudenken. Hatte er es denn gar nicht gemerkt, als er dort gewesen war?

»Ich weiß jetzt, dass ich auf jeden Fall ein Mensch bin«, flüsterte er, als Cassian nichts sagte. »Ich habe mich erinnert, als ich dort war.« Er hob den Kopf und schaute seinen Freund an. »Ich muss vor vielen Jahren schon diese Lichtung entdeckt haben. Ich war einsam und hatte Angst. Fast wie gestern ... Und ich war klein.«

»Ein Kind?«, fragte Cassian. Seine Augen weiteten sich. »Bist du der Junge, der angeblich damals verschwunden ist? Jeder in der Stadt kennt die Gerüchte, dass hier im Wald Menschen verschwinden.«

»Ich weiß nicht«, erwiderte er. »Ich erinnere mich nur an meine Gefühle. Ich war allein und ängstlich und hatte keine Kraft. Dann habe ich mich in einen Hirsch verwandelt. Dort, auf der Lichtung.«

»Also hat dich die Lichtung verzaubert? Um dich zu retten?«

»Vielleicht.«

Er merkte, wie Cassian erschauderte. Samir legte eine Hand an sein Gesicht und zog ihn in einen Kuss. Vielleicht war der Wald ein bisschen seltsam, aber Samir war ihm unendlich dankbar. Wenn das alles nicht passiert wäre ... ohne seine Magie ... er hätte Cassian doch niemals getroffen. Vielleicht würde er selbst nicht mehr leben, und Cassian wäre nie losgegangen, um die verzauberte Lichtung zu suchen.

»Mich hat sie auch gerettet«, sagte Cassian und Samir schmunzelte. Er war so glücklich darüber, dass es ihm genauso ging.

»Wirst du wirklich hierbleiben?«

»Ich werde hierbleiben und Beeren und Nüsse essen, mit dir Märchenbücher lesen und Schnitzen lernen.«

Sein Herz begann zu flattern wie die Schmetterlinge im Frühling, als er das hörte. Cassian wollte wirklich bei ihm bleiben.

»Was machen wir noch?«, fragte er.

»Wir werden Spiele spielen, ich hab welche mitgebracht. Und wenn der Schnee wegtaut, zeigst du mir, wie ich mich im Wald zurechtfinde. Ich möchte dir helfen können, Nahrung zu sammeln.«

»Und was machen wir noch?«

»Ich bringe dir Lesen bei, wenn du möchtest. Und wir denken uns unsere eigenen Geschichten aus. Und falls sich eines Tages jemand im Wald verläuft, helfen wir, ihn zu retten.«

Schmunzelnd drückte er seine Lippen an Cassians Hals. Es tat so gut, das alles zu hören, die Bilder vor sich zu sehen. Ja, sie würden hier leben und glücklich sein.

»Und was noch?«

Cassian lachte heiser. »Wir könnten einen Garten anlegen und ein bisschen eigenes Essen anbauen. Und vielleicht kannst du mir zeigen, wie man Magie anwendet.«

Samir biss sachte in Cassians Hals.

»Und wir können ganz oft miteinander schlafen, du ungeduldiger Bock.«

Jetzt musste er auch lachen. »Ich hatte schon Angst, dass das gar nicht in deiner Liste vorkommt.« Mit dem Zeigefinger malte er kleine Kreise auf Cassians nackte Brust. Er wollte jedes von diesen Dingen tun. Gemeinsam mit diesem Mann, der so plötzlich und unerwartet in sein Leben gestolpert war. Es vollständig gemacht hatte. Ja, es war fast, als hätte der Wald ihm ein Geschenk machen wollen, indem er Cassian hergebracht hatte. Samir war so dankbar.

»Alles, was du willst«, versprach Cassian und streichelte seinen Rücken. »Alles, was uns gefällt.« Eine Weile lagen sie so da – schmusend und flüsternd und glücklich. Im Kamin knisterte das Feuer und draußen glitzerte der Wald.

»Du Cassian?«

»Hm?«

»Du bist auch mein Zuhause.«

NACHWORT

Glaubst du an Magie? An Wunder?

Leider lassen sich im echten Leben Verletzungen und Krankheiten nicht so einfach durch Magie heilen. Ich habe versucht, das zu zeigen – Cassian konnte Samirs Magie nicht mit zurück in seine alte Welt nehmen. Sie ist nur da, wo Samir ist. So wie Liebe und ein Zuhause auch nicht überall sind, sondern nur an ganz bestimmten Orten, bei ganz bestimmten Menschen.

Ich finde, in Zeiten wie diesen können wir es uns leisten, ein bisschen in märchenhaften Geschichten wie der von Samir und Cassian zu schwelgen. Mein Besuch bei ihnen war absolut zauberhaft für mich und ich hoffe, dir konnten sie auch ein Lächeln aufs Gesicht zaubern.

Hast du Lust auf Geschichten, die so ähnlich sind, wie die von Samir? Dann schau dir gerne Ich bin Kemi und Weihnachten mit Loki an.

Cassian, Samir und ich freuen uns, wenn du eine kleine Rezension auf Amazon scheibst, falls dir die Geschichte gefallen hat.

DANKSAGUNG

Ich danke meinen magischen Helferlein Sabrina, Claudia und Franzi, die Samir genauer unter die Lupe genommen haben, und all meinen Patronen, vor allem den Fluchbrechern Sabrina, Caro, Claudia, Jenny, Ulrike und Vanessa. Euer Rückhalt bedeutet mir wirklich viel!

VIP WERDEN

Abonniere jetzt meinen Newsletter, um immer informiert zu sein, wenn ein neues Buch von mir erscheint. Für deine Anmeldung sende ich dir eine Gay Romance Kurzgeschichte, die dich auf einen paradiesischen Urlaubstrip mit Happy End schickt. Die findet ihn auf meiner Homepage.